미스터리 가이드북

미스터리 가이드북

한 권으로 살펴보는 미스터리 장르의 모든 것

윤영천 지음

한스미디어

일러두기

* 주요 인명, 지명, 기관명 등은 기본적으로 국립국어원 외래어표기법에 따라 표기하되, 관용적으로 쓰이거나 이미 독자들 사이에서 굳어진 작가명 등 일부는 국내 출간서의 기존 표기를 따랐습니다.
* 단행본은 겹낫표(『 』), 단편 작품과 신문, 잡지는 홑낫표(「 」), 영화, 드라마, 연극 등의 작품은 홑화살괄호(〈 〉), 시리즈는 따옴표(' ')로 표시했습니다.
* 괄호 안의 출간 연도는 원서의 출간 연도입니다.

차례

PART 3 기법

 들어가는 글

장르소설은 작가와 독자가 공유하는 규칙이다. 미스터리는 범죄가 필요하고, SF는 미래가 필요하며, 로맨스는 어찌 됐든 행복하게 끝이 나야 한다. 판타지와 무협 역시 각각의 서사 구조와 공간적 배경에 유사성을 지니고 있다. 이런 규칙들은 글에 '장르'라는 한계를 지우지만, 동시에 독자들을 더 빠져들게 하는 독특한 매력이 되기도 한다.

장르소설은 대중소설이기도 하다. 대중소설의 최종 목표는 독자다. 규칙의 한계를 시험하거나 장르적 완결성 그 자체가 목적인 작품들이 아예 없는 것은 아니지만, 대중의 취향을 외면한 작품은 결코 오래갈 수 없다.

미스터리는 전 세계에서 가장 대중적인 장르이지만, 유달리 규칙도 많고 시대에 따라 계속 모습을 달리했기 때문에 그 경계가 애매한 편이다. 게다가 우리나라 미스터리 시장은 부침이 심해서 그동안 장르 자체를 이해하려는 시도는 드물었다.

국내 미스터리 시장은 1990년대 초반까지 호황을 누렸으나 이후 한동안 극심한 침체에 시달렸다. 당시 독자들은 절판된 문고를 찾아 헌책방을 전전했고, 커뮤니티에서 정보를 나누며 아쉬움을 달랬다. 그러다 2000년대 초 '셜록 홈즈 시리즈' 열풍을 통해 극적으로 되살아났고, 동시에 엄청난 양의 번역서가 쏟아져 들어오면서 미스터리는 매년 250종 이상의 도서가 출간되는 시장으로 자리 잡았다. 하지만 2010년대 후반부터는 스마트폰과 웹소설이라는 새로운 시장에 위축돼 독자가 점점 줄어들고 있는 상황이다.

이 책은 미스터리 장르를 좋아하고 더 깊이 이해하려는 이들을 위해 쓰였다. 한 장르를 이해하려면 역사적 흐름과 단면을 동시에 살펴봐야 하는데, 그 번거로움을 최대한 덜어주는 것을 목표로 삼았다. 그동안 독자, 사이트 운영자, 편집자, 기획자로 파란만장한 국내 미스터리 시장을 고스란히 겪으면서, 그 경험과 깨달음을 풀어내기 위해 나름 최선을 다했다. 이 책을 통해 미스터리 장르의 개론을 어느 정도 이해하게 된다면, 취향에 맞는 작품들을 찾으며 자신만의 각론을 만들어갈 수 있을 것이다.

마지막으로 독자가 쉽게 찾아볼 수 있도록, 모든 글은 미번역 작품이 아니라 국내에 소개된 작품을 통해 서술하려고 최대한 노력했다.

　이 책은 크게 총 여섯 부분으로 나뉘어 있다. 첫 번째 파트 '미스터리 장르 일반'에서는 미스터리 장르의 본질과 거기 새겨진 규칙들을 정리하면서 현재 미스터리 시장의 경향을 덧붙였다. 두 번째 파트 '서브 장르'에서는 역사의 흐름을 통해 가지를 뻗은 다양한 서브 장르를 소개했다. 또 서브 장르별 추천 작품을 통해 독자가 스스로 좋아하는 분야를 찾을 수 있도록 배려했다. 세 번째 파트 '기법'에서는 미스터리 장르에서 일반적으로 사용되는 기법을 모아봤다. 이들은 '클리셰'이지만, 많은 작가가 여전히 이 기법들을 응용해 새로운 기법을 만들어내고 있다. 아는 만큼 보인다고, 독자는 이 기법을 이해함으로써 미스터리 장르를 좀 더 즐길 수 있을 것이다. 네 번째 파트 '창작과 평가'에서는 작가와 독자에게 초점을 맞춰 간략한 창작 가이드와 레퍼런스, 미스터리 장르의 평가 기준을 정리했다. 다섯 번째 파트 '정보'에서는 미스터리 장르 시장을 떠도는 풍문과 책을 고를 때 중요한 기준인 관련 상들을 요약했고, 한국추리작가협회장 한이 님의 글을 빌려 한국 미스터리와 역사적 흐름을 소개했다. 마지막으로 미스터리 장르의 역사적 흐름을 이해하는 데 도움이 되는 100종의 작품을 선정해 덧붙였다.

어린 시절 우연히 전집 사이에 낀 『에밀과 탐정들』을 읽고 미스터리에 관심을 갖게 된 지 35년이 지났다. 이 장르가 취향을 떠나 직업인 적도 있었지만, 이제는 삶의 일부가 됐다. 글을 쓰기로 결심한 이유는 장르에 대한 깨달음을 얻었다는 당치도 않은 자부심 때문이었다. 그 결과, 집필 내내 스스로에게 실망한 적이 한두 번이 아니었다. 그럼에도 바람은 남았다. 누군가 이 글을 읽고 미스터리 장르에 예전보다 더 관심을 갖게 된다면, 그보다 좋은 일은 없을 것이다.

2021년 여름
윤영천

PART 1

미스터리 장르 일반

1-1 '이 장르'의 이름은 '미스터리'라고 한다

같은 주제를 두고 얼굴을 마주하며 이야기해도 말이 잘 통하지 않을 때가 있다. 이런 경우 의견 차이를 좁히는 방법 중 하나는 각자의 머릿속에 있는 생각을 꺼내 그 개념들이 서로 일치하는지 차근차근 되짚어보는 것이다.

'이 장르'는 유독 이름이 많다. 시장과 매체 등에서는 '추리', '추리소설', '미스터리', '스릴러', '범죄소설', '크라임' 등으로 불린다. ('미스테리'처럼 잘못된 외래어 표기를 사용하는 경우도 많다.) 가끔 '탐정소설'도 등장하며, '미스터리 스릴러', '추리 스릴러'와 같이 아예 두 용어를 결합한 예도 종종 볼 수 있다. 어떤 플랫폼에서는 '추미스'라는 신조어를 만들어 매년 '추미스 공모전'을 개최하는데, 여기서 '추미스'란 '추리', '미스터리', '스릴러'를 아우르는 용어다.

'추리'와 '미스터리' 그리고 '스릴러'와 '범죄소설' 등은 다 무얼까. 단순한 서브 장르의 나열일까? 그저 같은 장르를 달리 부르는 말일까? '이 장르'에는 이미 작가와 독자로 이루어진 견고한 울타리가 존재한다. 작가는 자신이 쓰는 장르가 무언지 잘 알고 있으며, 독자 또한 이 장르만의 특정한 재미를 기대하며 작품을 선택한다. 이제껏 사라지지 않고 상업성을 증명해왔으니, 이름을 어떻게 부르든 딱히 문제는 없을지도 모른다.

하지만 머릿속에 자리 잡은 개념이 모호한 상태에서 장르를 이해하려 하면, 착오가 되풀이되기 마련이다. '추리소설'은 오직 탐정이 등장하는 수수께끼 풀이라고 생각하는 사람과 해당 단어에서 흥미로운 범죄 이야기를 먼저 떠올리는 사람이 서로 매끄럽게 소통할 수 있을까? 이름을 고민하는 건 장르의 속성을 명확히 하는 데 도움이 되며, 모두 같은 출발선에 서서 장르를 이해할 수 있는 계기를 마련해줄 수 있다.

우리는 장르소설을 검색할 때 자연스럽게 서점에 가서 원하는 분류를 선택하고 상품을 살펴본다. 작가와 독자가 만나는 접점인 시장은 '이 장르'를 어떻게 부르고 분류해 판매하고 있을까? 장르를 칭하는 여러 이름들을 살펴보기 전에 먼저 유통 부문을 확인해보도록 하자.

우리나라 온라인서점은 대부분 '미스터리'와 '스릴러'를 나누어 작품을 진열한다. 미국의 아마존닷컴은 '이 장르'를 '미스터리, 스릴러 & 서스펜스'로 묶고 그 하위 카테고리를 셋으로 나눴다. 미스터리(Mystery), 스릴러 & 서스펜스(Thriller & Suspense), 작법서(Writing). 종주국이라 할 수 있는 영국의 아마존은 '범죄(Crime)와 스릴러 & 미스터리(Thriller & Mystery)'라고 이름 붙인 후, 그 아래에 '미스터리'를 포함해 15개가 넘는 다양한 서브 장르를 두었다. 일본 아마존은 '미스터리, 서스펜스, 하드보일드'로, 중국 당당왕은 '탐정(侦探), 서스펜스(悬疑), 추리(推理)'로 구분한다.

각국의 온라인 서점 분류를 보면 직관적으로 확인할 수 있는 사실이 하나 있다. '미스터리'와 '스릴러'는 확실히 나뉘어 있다. 이 말은 미스터리와 스릴러는 작품과 작가, 독자층이 나뉘어 있다는 뜻이다. 이 경계는 '이 장르'의 본질을 이해할 수 있는 열쇠가 되기 때문에 다음 꼭지에서 보다 상세하게 짚어볼 것이다.

다시 이름을 고민하는 일로 되돌아가 보자. 기원을 알 수 없는 다른 장르들과 달리, '이 장르'는 꽤 분명한 시작점이 있다. 19세기 미국 작가 에드거 앨런 포는 의도치 않은 발명품처럼 '이 장르'의 초기 구조를 만들어냈다. 1841년 잡지 「그레이엄스 매거진」에 발표한 「모르그 거리의 살인」을 포함해 오귀스트 뒤팽이 탐정 역할을 맡은 작품 세 편(「마리 로제 수수께끼(1843)」, 「도둑맞은 편지(1844~1845)」)은 현대의 독자들도 고개를 끄덕일 만한 완벽한 구성을 보여준다.

이미 일어난 불가사의한 사건을 탐정이 논리로 해결하는 구성은 에밀 가보리오와 아서 코난 도일을 거치면서 확고하게 자리 잡았다. 이 장르의 초기 작품들에는 대부분 천재에 가까운 탐정이 등장했고, 그런 소설들은 언어권에 상관없이 '탐정소설'이라 불렸다. 이후 장르가 사회적 변화 속에서 발전하고 또 확장되면서 '탐정소설'의 구조와 이름만으로는 전체를 아우를 수 없게 됐다. 그 결과 '탐정소설'은 자연스럽게 서브 장르로 위치를 옮겼고, 장르를 가리키는 새로운 대분류가 등장했다고 보는 것이 타당하다.

신비나 비밀, 불가사의를 뜻하는 영어 단어 '미스터리'의 어원은 고대 그리스어 'mysterion(비밀 의식, 교의)'에서 유래했다. 미스터리 소설(Mystery Fiction)은 말 그대로 수수께끼,

괴담, 오컬트, 호러 등 신비로운 이야기들을 뜻하기도 했으나 논리적 해결이 주된 요소인 이야기들과 한데 묶이면서 결국 '이 장르'를 대표하는 명칭이 됐다. 앞에서 영국 아마존에서는 '미스터리'를 서브 장르로 분류하고 있다고 했는데 그 '미스터리'는 수수께끼와 퍼즐 위주의 작품들, 즉 고전 스타일의 작품을 뜻한다. '미스터리'는 이렇게 장르를 포괄하는 이름이지만, 좁게는 서브 장르를 가리키기도 한다.

'추리소설'은 일본에서 만들어진 용어다. 일본은 이미 메이지 시대(1868~1912)에 영어권 장르소설이 번안 형태로 유입됐고, 그 성장세도 동아시아 국가 중에서는 가장 빨랐다. 탐정소설은 괴기, 전기, 호러, 환상소설 등 다양한 장르소설과 함께 독자에게 인식되다가 오시타 우다루, 고가 사부로, 에도가와 란포 등 선구자들의 노력을 통해 탄탄한 기반을 만들 수 있었다. '추리소설'이란 명칭은 의사이자 작가인 기기 다카타로의 제안으로 처음 쓰였다는 설이 있는데, 전쟁이 끝나고 범죄가 등장하는 소설의 정부 규제가 풀린 1940년대 후반부터 장르의 확장과 함께 정착된 것으로 보인다. 일본 추리소설은 한국, 중국 등을 비롯해 아시아 전체에 영향을 줬기 때문에, 동아시아권에서는 '이 장르'의 총칭으로 대부분 '추리소설'을 사용한다.

‘크라임’은 장르의 가장 중요한 소재인 ‘범죄’에서 따온 용어로, ‘범죄소설(Crime Novel)’이 장르 전체의 의미로 확장된 사례다. 하지만 같은 이름을 가진 서브 장르가 존재하기 때문에 혼란을 줄 여지도 있어 보인다.

　‘미스터리’와 ‘추리소설’, ‘크라임’은 같은 대분류를 가리키는 명칭으로 의미 차이가 거의 없다. 그리고 그 아래에 스릴러 등의 다양한 서브 장르가 위치한다. 이들의 위계를 간단하게 표현하면 이렇다.

　추리소설 = 미스터리 = 크라임 〉 미스터리, 스릴러, 경찰소설, etc.

　‘추리소설’, ‘미스터리’, ‘크라임’. ‘추미스’ 같은 과격한 신조어만 아니라면 ‘이 장르’를 어떻게 부르든 큰 문제는 없다. 다만 개인적으로는 뉘앙스 차이 때문에 가장 많이 쓰이는 ‘추리소설’보다 ‘미스터리’라는 명칭을 더 선호한다. 로맨스, SF, 판타지를 연애소설, 과학소설, 환상소설로 부르면 그 느낌이 미묘하게 달라지는 것과 비슷한 이유다. ‘미스터리’는 일반적인 장르 명칭들과 대구를 맞추기에 적합하다. 또 ‘추리소설’이란 명칭에는 ‘추리’에 그 무게중심이 있어 장르의 너비가 협소하게 느껴지기도 한다. 이런 이유들로, 이

글에서는 '이 장르'의 이름을 '미스터리 장르', 또는 줄여서 '미스터리'로 부르기로 한다.

1-2 '미스터리'는 일어난 사건이고
'스릴러'는 일어날 사건이다

앞에서 언급했듯, 서브 장르 '미스터리'와 '스릴러'는 자주 한데 묶이지만 서로 확실히 다르다. 여기서 '다르다'라는 의미에는 기본적인 작법, 작품, 작가, 독자까지 모두 포함된다. 현재 출간되는 작품들은 대부분 '스릴러'이고, '미스터리'는 보통 고전 작품을 가리키기 때문에 둘은 출간 시기에 따라 어느 정도 나뉘어 사용되는 편이다. 하지만 다양한 해외 작품들이 뒤섞여 있는 국내 시장에서는 이 두 용어가 비슷비슷한 빈도로 사용된다.

두 서브 장르는 미스터리 장르 내에서 가장 중요한 두 방향성을 보여준다. 이 둘을 중심으로 제각기 다양한 하위 장르가 만들어졌으며, 미스터리 서사를 선택한 만화, 영화 등 다양한 2차적 저작물도 모두 이 분류에 포함된다. 미스터리와 스릴러는 현대 미스터리 장르의 핵심이므로, 두 서브 장르의 특성과 차이를 이해하는 것은 결국 미스터리 장르 전체를 이해하는 것과 같다. 또한 둘의 차이를 구분하는 것은 미스터리 장르의 일반적인 구조를 이해하는 데 큰 도움이 된다.

사지가 마비된 안락의자 탐정이 등장하는 '링컨 라임 시리즈'로 잘 알려진 제프리 디버는 북리포터(bookrepoter. com)와의 인터뷰에서 정확히 이 질문을 받은 적이 있다. '스릴러 & 서스펜스와 미스터리의 차이는 무엇인가?' 두 서브 장르에 남다른 조예를 보여준 제프리 디버는 오래전부터 준비해놓은 것처럼 근사하게 답했다.

> "스릴러 & 서스펜스는 다음과 같은 질문을 던집니다. '앞으로 무슨 일이 일어날 것인가?' 고전적인 미스터리는 이런 질문을 던지죠. '과거에 무슨 일이 일어났는가?' 다시 말하면, 미스터리는 독자와 주인공이 풀어나가는 퍼즐입니다. 스릴러는 독자와 주인공이 앞자리에 앉아 즐기는 롤러코스터죠."

사건이 일어나는 시점과 그에 따른 주인공의 역할에 따라 미스터리와 스릴러의 차이가 만들어진다. 미스터리는 대부분 과거에 일어난 사건에서부터 시작한다. 독자의 관심을 끌기 위해 사건은 기이하거나 선정적인 편이 좋다. 사건이 발생하면 탐정이 등장하고 관찰, 신문, 추리 등을 통해 조사가 진행되는데, 이때 주된 도구로 '논리'가 사용된다. 초현실적인 존재나 결론으로의 느닷없는 비약은 미스터리가 지양하는 요소다. 마지막으로 사건이 해결되고 범인이 밝혀지는데, 그 진상에는 의외성이 포함돼야 한다. 독자를 깜짝 놀라게 하는 반전은 미스터리의 가장 큰 즐거움이다. 정리하면 미스터리의 구성은 이렇다.

기이한 사건 – 탐정에 의한 논리적 추리 – 뜻밖의 결말

미스터리를 쓰는 작가는 독자가 함께할 수 있도록 작품 곳곳에 공평하게 단서를 배치해야 한다. 결말에 이르는 과정이 공정하지 않거나, 결말이 기대를 저버리면 장르 규칙에 익숙한 독자들은 실망하기 마련이다. 보조를 맞추되 독자를 조금씩 따돌리는 것. 수많은 미스터리 작가들은 오랫동안 이 문제를 고심해왔다.

'셜록 홈즈 시리즈'를 통해 미스터리의 구성을 한번 살펴보자. 가장 유명한 단편 중 하나인 「빨강 머리 연맹(1891)」

은 기이한 사건으로 시작된다. 갑작스레 좋은 일자리를 잃게 된 빨강 머리 전당포 주인이 셜록 홈즈를 찾는다. 그리고 탐정의 논리적인 추리가 이어진다. 셜록 홈즈는 전당포 주인에게 빨강 머리 연맹을 소개해준 점원의 인상착의를 묻고 전당포 주변 도로와 점원의 옷차림을 확인한다. 마지막으로 뜻밖의 결말이 펼쳐진다. 사실 알고 보니 이 사건은……. 「빨강 머리 연맹」은 미스터리의 3단 구성에 딱 들어맞는 작품이다.

미스터리와 달리 스릴러는 어떤 고정된 장르라기보다 서스펜스가 중심인 플롯 그 자체라고 할 수 있다. 독자나 관객에게 스릴을 선사하는 대중매체는 결국 모두 스릴러라고 할 수 있는데, 단어 자체도 어디에 달라붙든 잘 어울리는 마법과도 같은 친화력을 지녔다(로맨스 스릴러, 의학 스릴러, 법정 스릴러 등등).

미스터리의 주인공은 탐정이지만 스릴러의 주인공은 사건에 휘말리는 영웅이다. 흐트러진 질서를 되돌리기 위해 탐정이 이성과 논리라는 무기를 사용한다면, 스릴러의 영웅은 역경에서 헤쳐 나오기 위해 강인한 의지와 선한 품성, 전문적인 기술 등을 사용한다. 스릴러의 사건 역시 과거에서 시작될 때도 있지만, 작품 속에서 사건은 끊임없이 일어나고 계속해서 변화한다. 그 구조에 주인공이 휘말리면서 스릴과 서스펜스가 만들어지는 식이다.

전 세계에서 가장 유명한 스릴러라고 해도 지나치지 않을 토머스 해리스의 『양들의 침묵(1988)』을 살펴보자. FBI 수습요원 클라리스 스탈링은 여성들을 납치해 피부를 도려내고 유기하는 버팔로 빌을 잡기 위해 누군가를 만나야 한다. '식인종 한니발'이라 불리는, 자신의 환자를 9명이나 살해해 요리해 먹은 한니발 렉터 박사다. 둘 사이에 미묘한 신경전이 펼쳐지고, 한니발 박사는 버팔로 빌의 단서를 조금씩 제공하면서 스탈링의 내면을 분석한다. 그러던 중 상원의원의 딸이 버팔로 빌에게 납치되고, 상원의원은 박사와 거래를 시도한다. 딸을 구하는 데 도움을 주면 더 좋은 수감 시설로 옮겨주겠다는 것. 한니발 박사는 그 와중에 탈출에 성공하고, 제공받은 정보를 기반으로 수사를 진행하던 클라리스는 버팔로 빌의 꼬리를 잡게 된다.

『양들의 침묵』을 읽는 독자는 공정하게 제공된 정보를 모으고 논리적으로 추리할 필요가 없다. 두 주인공을 중심으로 끊임없이 일어나는 사건에 짜릿한 스릴을 느끼며 결말까지 내달리면 그만이다. 제프리 디버의 표현처럼, 롤러

코스터를 즐기면 된다.

　마지막으로 두 서브 장르는 2차 저작물, 특히 영상으로 옮길 때 그 차이가 확연히 드러난다. 미스터리는 일반적으로 영상화하기 어렵다. 드라마 같은 긴 서사가 아니라 두 시간 안팎의 영화로 만들 때는 더욱 까다롭다. 범죄물을 보는 관객은 몰입하려고 극장을 찾지, 어두컴컴한 공간에서 추리하며 애써 스크린과 거리를 두고 싶어 하진 않는다. 또 영상은 관객에게 공정하게 정보를 제공하기 어렵기 때문에 미스터리 특유의 공정함을 살리기 어렵다.

　반면 스릴러는 독자를 끌어당기는 장치가 플롯의 필수 요소이고, 관객들이 이입할 수 있는 영웅이 주인공이기 때문에 미스터리보다는 영상화에 훨씬 적합하다. 구조 자체에 2차 저작물로 발전할 수 있는 가능성이 포함돼 있기에, 스릴러는 미스터리 장르 내에서 가장 상업적인 서브 장르로 평가받는다.

'창조주' 에드거 앨런 포

1-3

미스터리 장르의 기원에 대해서는 다양한 이견이 있다. 미스터리 작가 줄리언 시먼스는 저서 『블러디 머더(1993)』에서 이를 '지겨운 진흙탕 논쟁'이라고 표현하기까지 했다. 까마득한 고전과 성서의 한 페이지에서 기원을 찾는 이들도 있지만, 강력한 후보작들은 대부분 1700년대 말에서 1800년대 중반 사이에 출간됐다.

1700년대 말과 1800년대 중반 유럽은 영국을 중심으로 산업혁명이 한창이었다. 대량 생산이 가능해지면서 교육이 필요한 새로운 사회 계층이 등장했고, 철도와 인쇄술의 발달, 공공도서관 설립 등으로 '이야기'를 즐기는 사람의 수가 폭발적으로 증가했다. 또한 미스터리 장르 속 범죄는 사회적 처벌이 가능한 범죄이기 때문에, 미스터리 장르는 이렇듯 사법 제도가 갖춰진 '근대'라는 필연성 위에 만들어졌다.

에드거 앨런 포의 「모르그 거리의 살인(1841)」은 근대적 의미를 지닌 최초의 미스터리 작품으로 인정받는다. 공인 서가 발급된 정도까지는 아니지만, 연구자 대부분의 의견 이며 수많은 백과사전에도 그렇게 쓰여 있다. 70여 년의 전 통을 자랑하는 MWA(Mystery Writers of America, 미국추리작가 협회)에서 수여하는 최우수 작품상 이름이 에드거상(Edgar Awards)이고, 부상으로 에드거 앨런 포의 흉상을 주는 것도 괜한 이유에서가 아니다. 이른바 '원조'의 특권인 셈이다.

창조주라는 명예로운 왕관을 쓴 에드거 앨런 포가 미스 터리 장르의 탄생을 의도하지 않았다는 사실은 명확해 보 인다. 그는 다만 예술적 욕구를 형상화할 만한 문학적 형식 을 끊임없이 찾고 있었고, 그러던 중에 예상치 못한 화학반 응이 일어났다. 물론 시대의 요구, 영향을 준 작품들(당시 화 제성을 고려하면 프랑수아 비도크의 『회고록(1829)』의 영향은 확실해 보인다.)이 있었겠지만, 미스터리 장르는 불행했던 한 천재에 의해 홀연히 세상에 그 모습을 드러냈다.

「모르그 거리의 살인」, 「마리 로제 수수께끼」, 「도둑맞 은 편지」에는 모두 오귀스트 뒤팽이 주인공으로 등장한 다. 비록 작품 속에서 탐정이란 이름으로 불리지는 않지만

('detective'라는 단어조차 없던 시절이었다.) 뒤팽은 근대적 의미로 미스터리 역사에 등장한 첫 번째 탐정이다.

오귀스트 뒤팽은 프랑스의 몰락한 귀족 출신으로, 집안을 일으키겠다는 꿈은 일치감치 포기한 채 빈곤한 삶 속에서 집안을 가득 채운 책에 탐닉하는 인물이다. 그는 이른바 '야행성 탐미주의자'로 낮에는 문을 닫고 향초를 밝힌 채 독서와 사색에 빠져 지내고, 밤에는 정신적인 즐거움을 찾기 위해 도시의 밤거리를 누빈다. 뒤팽은 몽마르트르의 한 도서관에서 작품 속 화자인 '나'를 만나게 되는데, 둘은 곧 의기투합해 포브르 생제르맹 뒤노 거리 33번지에 있는 낡은 집 4층에서 함께 생활한다. 뒤팽은 특유의 상상력과 놀라운 분석력을 지니고 있어 치밀한 정신 활동의 결과만 놓고 보자면 마치 초인처럼 느껴질 정도다.

'나'는 그의 놀라운 능력을 기록으로 남기는데, 그 기록들이 바로 「모르그 거리의 살인」, 「마리 로제 수수께끼」, 「도둑맞은 편지」다. 「모르그 거리의 살인」에서 오귀스트 뒤팽은 두 모녀가 밀폐된 공간에서 잔혹하게 살해된 사건과 마주하는데, 관련 신문기사를 읽고 사건 현장을 방문한 후 증언의 모순과 밀실의 허점을 찾아내 범행을 저지른 존재를 무척 간단히 지목한다. 「마리 로제 수수께끼」에서는 실종 이후 의문의 죽음을 맞은 아가씨 마리 로제에 얽힌 사건의 진상을 오로지 신문 기사만으로 파헤치며,「도둑맞은 편지」에서는 심리적 맹점을 교묘하게 파고들어 스캔들에 휩싸인 편지를 손쉽게 찾아내고 5만 프랑의 상금까지 거머쥔다.

170여 년 전에 쓰인 이 작품들은 '처음'이라는 이름이 무색하게도 완벽한 미스터리의 구조를 제시했다. 세 단편이 비슷한 시기의 강력한 경쟁자들을 제치고 '최초의 미스터리'로 자리매김할 수 있었던 가장 큰 이유는, 경이로울 정도로 완벽한 형식미 때문이다.

세 작품은 미스터리의 단골 시점이라 할만한 1인칭 관찰자 시점(놀라운 능력을 지닌 탐정을 관찰하는 일반인)으로 쓰여 있다.「모르그 거리의 살인」은 거의 완벽한 고전 미스터리 형식을 띠고 있으며, 현대에도 가장 까다로운 소재인 '밀실'을 소재로 한 작품이다. 실제로 일어난 사건을 소재로 한「마리 로제 수수께끼」는 팩션의 성격마저 지니고 있으며, 작품 속에서 뒤팽은 사건 현장에 방문하지 않고도 정답을 도출하는 안락의자 탐정의 원형을 보여준다.「도둑맞은 편지」에서는 상류층의 스캔들, 무능한 경찰과 유능한 탐정이라는 (지금은) 흔한 구도를 명쾌하게 보여주며, (이제는) 일일이 그 예를 찾기 힘들 정도로 많이 사용된 심리적 맹점을 이용한 트릭을 선보인다.

세 단편에서 추출해낼 수 있는 이러한 요소들은 하나도 빠짐없이 모두 미스터리 장르의 원형이 됐다. 그것들은 현재에도 끊임없이 변주되고 있으며, 물론 미래에도 마찬가지일 것이다. 에드거 앨런 포 탄생 200주년을 맞아 에드거상 수상자들이 함께한 에세이 『더 레이븐 : 에드거 앨런 포의 그림자(2009)』의 편집을 맡은 마이클 코넬리가 남긴 말은 미스터리 장르에서 에드거 앨런 포와 그의 작품들이 차지하는 위상을 그대로 보여준다.

"우리가 현재 접하는 모든 미스터리 캐릭터, 무대, 사건 등은 전부 에드거 앨런 포가 만들어냈다. 그러므로 현대의 작가들은 그저 그의 아이디어를 훔치는 일종의 '도둑'인 셈이다."

1-4 미스터리 장르의 역사적 분기들

미스터리 장르는 범죄를 기본으로 한다. 종교적인 의미가 깃든 '죄악'과 달리 '범죄'는 규범을 위반하는 일, 즉 사회 질서를 어지럽히는 행위를 뜻한다. 그렇기에 미스터리 장르는 범죄자의 처벌이 가능한, 사법 제도가 갖춰진 사회에서 설득력을 얻는다. 이런 관점에서 보면 영국이나 일본 등에서 미스터리가 유독 발전한 이유도 어느 정도 이해할 수 있다. 두 나라 모두 근대화가 빠르게 진행되어 '범죄'가 성립할 수 있는 사회도 그만큼 일찍 만들어졌기 때문이다.

이렇듯 범죄는 사회에서 그 의미를 얻기에, 미스터리 역시 창작되는 시대와 밀접하게 연결돼 있다. 일본 미스터리 중에는 '사회파'라고 불리는 작품들이 있는데, 미스터리는 기본적으로 모두 사회파라고 해도 딱히 틀린 말은 아니다.

시대의 흐름, 사회 구조에 따라 달라질 수밖에 없는 숙명을 지닌 미스터리는 1841년 발표된 「모르그 거리의 살인」이후 계속해서 조금씩 변화해왔다. 그 변화는 장르 핵심이 희석되는 방향으로 향하게 되는데, 미스터리 장르를 분명하게 정의하기 어려운 것도, 부르는 이름이 제각각인 것도, 미스터리 장르의 요소들이 다른 장르에 쉽게 섞일 수 있는 것도 바로 이런 방향성 때문이다.

에밀 가보리오와 아서 코난 도일

에드거 앨런 포의 유산은 두 작가를 거쳐 보다 대중적인 스타일로 발전했다. 시작은 프랑스의 에밀 가보리오가, 완성은 아서 코난 도일이 담당했다.

에밀 가보리오는 프랑수아 비도크의 『회고록』과 에드거 앨런 포의 단편들에서 아이디어를 얻어 1863년 「르루즈 사건」을 신문에 연재하기 시작했다. 세계 최초의 장편 미스터리로 여겨지는 바로 그 작품이다. 당시 프랑스에서 신문소설은 최고의 오락거리였는데, 그는 남다른 인기 덕분에 쉬지 않고 글을 써야만 했다. 에밀 가보리오는 생애 21편의 작품을 남겼는데, 그중 '르코크 형사 시리즈' 5권을 포함해 총 8편이 미스터리 작품이다.

에드거 앨런 포의 아이디어와 에밀 가보리오의 장편 서사 기법은 포츠머스 변두리에 개업한 어떤 의사에게 영향을 줬다. 1887년, 아서 코난 도일은 셜록 홈즈가 처음으로 등장하는 장편 『주홍색 연구』를 숱한 거절 끝에 지방 문집에 발표할 수 있었다. 하지만 1891년 「스트랜드 매거진」에 셜록 홈즈 단편들이 연재되면서 상황은 완전히 달라졌다. 단기간 동안 그토록 인기를 얻은 소설은 없었다.

미스터리 장르의 역사를 볼 때 아서 코난 도일은 에드거 앨런 포의 전통을 후대 황금기로 연결하는 가교 역할을 했다. '셜록 홈즈 시리즈'는 '기이한 사건―탐정에 의한 논리적 추리―뜻밖의 결말'이라는 완벽한 3단 구성으로 이루어진 고전 미스터리의 완성형을 제시했고, 그 놀라운 대중적 인기는 미스터리 장르의 굳건한 초석이 됐다.

고전과 황금기

제1차대전(1914~1918)과 제2차대전(1939~1945)을 전후한 시기를 영어권에서는 미스터리 소설의 황금기(The Golden Age)라고 부른다. '셜록 홈즈 시리즈'의 성공은 독자뿐 아니라 작가들에게도 큰 자극이 됐다. 독특한 탐정과 괴도, 교묘한 수수께끼가 셀 수 없이 등장했고, 독자와 작가의 대결이라는 게임 구도가 완성됐으며, 미스터리 구조에 대한 실험이 한계까지 행해졌다. 우리가 흔히 떠올리는 위대한 미스터리 작가들(애거사 크리스티, 도로시 세이어즈, 존 딕슨 카, G. K. 체스터튼, S. S. 밴 다인, 엘러리 퀸 등)은 대부분 이때 등장했다. 황금기는 생산과 소비 그리고 비평까지, 그야말로 미스터리가 황금같이 빛나던 시절이었다.

수수께끼를 중시하는 황금기 작품은 '고전'으로 불리며, 그 유산을 이어받은 현대 작품들도 '고전'이란 수식어가 달라붙는다. 고전 스타일의 미스터리는 사회 구조가 변화하면서 점점 사그라졌고, '코지'나 '신본격' 같은 서브 장르로 이어져 명맥을 유지하게 된다.

하드보일드

수수께끼에 어울리는 이상적인 공간에서 작가와 독자의

두뇌 게임이 펼쳐지는 동안, 소설 밖 현실은 급격한 변화를 겪고 있었다. 영국에서는 1926년에 360만 명 이상이 참여한 총파업이 벌어졌고, 1929년에는 미국에서 '검은 목요일'이라 불리는 일련의 주가 대폭락 사건이 일어났지만, 이런 사건들조차 고전 미스터리 속에서는 전혀 존재하지 않았던 것처럼 처리되곤 했다.

현실의 범죄를 다루는 장르가 오히려 현실과 점점 멀어지는 아이러니는 장르 자체에 어떤 뒤틀림을 가져왔다. 순수한 게임으로 범죄를 말하기에는 사회 변화가 너무나 격렬했다. 뒤틀림들은 구체화되어 마침내 어떤 형태를 갖추기 시작했다. 그 형태는 1920년대 미국 대중문화의 근간이었던 10센트짜리 펄프 잡지들의 지면에서 만들어졌고, 훗날 '하드보일드'라고 불렸다. 특히 조셉 쇼가 편집장을 담당했던 펄프 잡지 「블랙 마스크」는 하드보일드 작가들의 요람 역할을 했다.

하드보일드는 하나의 서브 장르나 막연한 폭력성을 뜻하기도 하지만, 간결한 문체에서 시작되는 문학적 스타일이다. 하드보일드 속의 탐정들은 우아한 이성이 아니라 절박한 생존 본능으로 움직였고, 당시 혼란했던 미국 사회처럼 거칠고 폭력적이었다. 영국식과 미국식, 또는 탐정소설과 범죄소설. 이 지점을 기점으로 미스터리는 완전히 두 갈래로 나뉘어 서로 영향을 주며 발전하게 된다.

범죄소설

제국주의와 군국주의의 종언, 식민지 해방, 전쟁 피해 복구, 냉전 시작 등, 제2차대전이 종료되자 전 세계가 빠른 속도로 변해갔다. 미스터리 또한 마냥 근사한 장원에서 일어나는 교묘한 수수께끼에만 머무를 수 없었다. 영국식이든 미국식이든, 탐정소설이든 범죄소설이든, 작가들은 확연히 달라진 사회에 적응해야만 했다.

1950년대부터는 경찰소설이 본격적으로 등장하기 시작했다. 탐정 역할을 맡은 경찰은 이전에도 있었지만, 이 시기의 경찰소설에는 조직적이고 과학적인 현실의 수사 방법이 반영됐다. 경찰소설은 장르에 현실성을 더하는 역할을 했고, 다양한 대중매체와 함께 발전하며 스릴러로 이어졌다. 또 냉전이 고착되면서 스파이 소설이 활기를 띠었다.

수수께끼를 중시하는 고전 스타일은 여전히 등장했지만, 서서히 주류에서 밀려나 변방에 자리 잡았다. 탐정이 우아한 이성을 뽐내며 체제를 수호하던 보수적인 탐정소설은 정치적으로 보다 자유로운 범죄소설로 완전히 변화했다. 신의 위치에 서 있던 탐정은 우리 주변의 노동자가 됐으며, 작가들은 교묘한 수수께끼보다 범죄의 의미, 등장인물과 배경의 생생함에 집중하게 된다.

스릴러

스릴러는 서브 장르라기보다 서스펜스가 중심인 플롯 그 자체라고 보는 편이 옳다. 문학, 게임, 영화 등 독자에게 '스릴'을 선사하는 대중매체는 모두 '스릴러'라 부를 수 있다. 미스터리 장르에서 스릴러가 분명하게 인지되기 시작한 시점은 1970년대 후반 무렵이다. 테러리즘, 암살, 대량 학살 등 거대 범죄를 막아내는 영웅들이 대중의 지지를 얻던 시기였다.

역사적으로 몇 가지 중요한 분기가 된 스릴러 작품은 다음과 같다. 메디컬 스릴러를 유행시킨 로빈 쿡의 『코마 (1977)』, 음모 스릴러 플롯에 가장 충실하다고 평가받고 있는 로버트 러들럼의 『본 아이덴티티(1980)』, 테크노 스릴러의 시대를 만든 톰 클랜시의『붉은 10월호(1984)』, 사이코 스릴러를 주류로 끌어올린 토머스 해리스의『양들의 침묵 (1988)』,『쥐라기 공원(1990)』으로 대표되는 마이클 크라이 튼의 SF 스릴러 작품들, 음모론으로 전 세계적인 베스트셀 러가 된 댄 브라운의『다 빈치 코드(2003)』, 도메스틱 스릴 러의 축포를 쏘아 올린 길리언 플린의『나를 찾아줘(2012)』.

매 시기 엄청난 상업성을 증명해온 스릴러는 단순한 서 브 장르가 아니라 범죄를 소재로 한 장르소설 전체를 대표 하는 이름이 됐다.

그리고 '기이한 사건─탐정에 의한 논리적 추리─뜻밖의 결말'이라는 단순하고도 분명한 구조로 시작됐던 미스터리 장르는 현재는 거의 희석돼 다양한 서브 장르들이 한없이 가지를 뻗는 모호하고도 넓은 형태가 됐다.

1-5 고전 미스터리의 규칙들 1 : 녹스의 십계

주교라는 독특한 이력을 지닌 영국 미스터리 작가 로널드 A. 녹스의 작품은 국내에 거의 소개되지 않았다. 그나마 단편 「밀실의 수행자(1931)」가 유명한데, 그것조차도 작품이 아니라 절묘한 트릭 덕에 추리 퀴즈로 알려진 정도다. 하지만 '녹스'라는 이름은 미스터리 독자들에게 매우 익숙하다. 바로 '녹스의 십계' 때문이다.

고위 성직자의 신성함 때문인지는 몰라도 왠지 반드시 지켜야만 할 것 같은 '녹스의 십계(Knox's Ten Commandments)'는 그가 단편집 『The Best Detective Stories of the Year 1928』을 엮으면서 함께 언급한 내용으로, 미스터리 작품을 쓸 때 지켜야 할 열 가지 법칙을 말한다.

녹스는 대표적인 황금기 작가였고, 미스터리 작품은 어디까지나 작가와 독자가 함께하는 공정한 게임이라고 규정했다. 십계의 계명들을 하나하나 훑어보면 공정함에 대한 강박이 느껴지는데, 이 계명들을 살펴봄으로써 우리는 고전 미스터리의 중요한 특징이 무엇이며 그 형식이 왜 딱딱하게 굳어졌는지도 알 수 있다.

물론 계명들 자체가 어떤 강제력을 지닌 것은 아니다. 오히려 이 법칙들을 만족하지 않아서 탄생한 걸작도 상당히 많고 녹스 스스로도 어길 정도였으니, '주교님의 재치' 정도로 생각해도 좋을 것이다. 그래도 '녹스의 십계'는 고전 미스터리 작가와 독자 사이에 가장 잘 알려진 합의이며, 미스터리를 이해하는 데 필요한 기본 지식이기도 하다. 십계의 내용은 아래와 같다.

1. 범인은 이야기 초반에 언급된 인물이되, 독자가 알아채게 해서는 안 된다.
2. 초자연적인 능력이나 불가사의한 수단은 당연히 안 된다.
3. 비밀의 방이나 비밀 통로는 하나 정도로 자제하라.
4. 발견되지 않은 독극물이나 마지막에 과학적 설명을 늘어놓아야 하는 장치를 사용해서는 안 된다.
5. 중국인을 등장시켜서는 안 된다.
6. 우연히 사건을 해결하거나, 탐정이 설명할 수 없는 직관을

이용해 진상을 밝혀서는 안 된다.

7. 탐정이 범행을 저질러서는 안 된다.

8. 탐정은 독자의 공정한 판단을 위해, 독자의 눈에 바로 띄지 않는 증거에 집중하지 않아야 한다.

9. '왓슨' 같은 탐정의 어리석은 친구는 자신의 생각을 독자에게 숨겨서는 안 된다. 또 그의 지능은 평균적인 독자보다 약간, 또는 아주 약간 낮아야 한다.

10. 독자가 잘 모르는 상태에서 쌍둥이 혹은 대역을 등장시켜서는 안 된다.

5번 계명은 다소 의아할 수 있는데, 당시 영국 사회에는 중국인들은 신비한 능력을 쓰는 음험한 존재라는 편견이 있었다. 그러므로 이 계명은 2번 계명과 거의 같은 내용이다. (불사의 능력을 지닌 동양의 천재 악당 '푸 만추(Fu Manchu)' 같은 캐릭터를 떠올리면 될 듯하다.)

1-6 고전 미스터리의 규칙들 2
: 밴 다인의 20칙

신경쇠약으로 입원한 뒤 병상에서 2년 동안 2천여 권의 미스터리를 읽고, 그 수준을 한탄하다 직접 집필을 시작해 유명해진 전설의 미국 미스터리 작가 S. S. 밴 다인. '20칙'이란 그가 1928년 잡지 「아메리칸 매거진」에 발표한 '탐정 소설 집필을 위한 스무 가지 규칙(Twenty Rules for Writing Detective Stories)'을 말한다.

밴 다인은 미스터리 소설을 구조적으로 분석하고 분류한 뒤, 녹스보다 훨씬 엄격한 기준을 제시하면서 미스터리는 독자와 작가가 겨루는 게임이라 주장했다. 그가 제안한 규칙들은 미스터리 장르의 본질에 맞닿아 있으며 매우 정교하게 설계돼 있다. 하지만 다소 지나칠 정도로 확신이 넘쳐 보이기도 하는데, 이는 밴 다인 자신이 이러한 스타일을 고집해 큰 성공을 거두었기 때문이다.

20칙의 내용은 다음과 같다.

1. 독자는 수수께끼를 해결하는 데 있어 탐정과 동등한 기회를 가져야 한다. 모든 단서는 명확하게 기술되어야 한다.

2. 작품 속 범인이 자신의 목적을 위해 탐정을 기만하거나 속이려 드는 것 외에는 작가가 독자를 고의적으로 속이거나 기만해서는 안 된다.

3. 로맨스 요소를 넣지 말아야 한다. 사건 진행과는 별 관계 없는 감정들로 순수한 지적 경험에 혼란을 줄 수 있기 때문이다. 요컨대 미스터리는 범인을 재판정에 보내는 게 목적이지, 사랑에 빠진 남녀를 예식장에 보내는 글이 아니다.

4. 탐정이나 수사당국 직원 중 한 사람이 범인이라고 결론지어서는 안 된다. 이는 구리 동전을 반짝반짝하게 닦아 금화라 속이는 것처럼 명백한 사기다.

5. 범인은 논리적인 추리를 통해 밝혀져야 한다. 만약 범인이 우연, 암호, 이유 없는 자백 등을 통해 드러난다면 독자에게 헛수고를 하게 만드는 셈이다. 논리적인 추리를 통하지 않은 결말은, 독자가 추리에 실패한 후 실은 모든 단서가 여기 있었다며 독자를 농락하는 것과 같다.

6. 탐정소설에는 반드시 탐정이 등장해야 한다. 탐정은 정탐

(偵探)하는 존재로, 첫 장에서 범인을 밝힐 수 있는 단서를 모은다. 탐정이 단서를 분석해 결론에 도달할 수 없다면, 해답을 보고 산수 문제의 답을 구하는 학생처럼 문제를 풀었다고 할 수 없다.

7. 탐정소설에는 반드시 시체가 등장해야 한다. 시체는 많을수록 좋다. 살인보다 가벼운 범죄는 독자가 300페이지 가까운 책을 읽게 할 동기로는 부족하다. 끝까지 읽는 독자의 노력은 보상받아야 한다.

8. 범죄 수수께끼는 엄격한 자연법칙에 따라 풀려야 한다. 자동기술, 위자보드(알파벳 판의 움직임을 이용해 영혼과 소통하는 기구), 마인드 리딩, 영적 교류, 수정점 등을 사용해서는 안 된다. 독자는 이성적인 탐정과 겨룰 때에만 승산이 있다. 영계와 4차원을 쫓아야 한다면 처음부터 독자가 이길 수 있는 가능성은 없다.

9. 추론의 주인공인 탐정은 단 한 명이어야 한다. 탐정이 서너 명이거나 탐정들의 추리를 가져오는 것은 독자를 혼란케 하며 논리적인 추리를 어렵게 만든다. 또 탐정의 추리에 맞서 정신적인 전투를 펼쳐야 하는 독자에게도 불공평하다.

10. 범인은 작품 속에서 어느 정도 눈에 띄는 역할을 하는 사람, 즉 독자가 관심을 가질 수 있는 사람이어야 한다. 범인

이 마지막 장에 등장하거나 그동안 전혀 눈에 띄지 않았다면, 이는 작가가 독자의 지성과 겨룰 수 없다고 스스로 고백하는 것이나 마찬가지다.

11. 하인들, 예를 들어 집사나 시종, 사냥터 관리인, 요리사 같은 이들을 범인으로 설정하면 안 된다. 이는 논점을 흐트러뜨리며 너무 안이한 해결책이다. 독자는 이런 결말에 결코 만족하지 않으며, 시간을 낭비했다고 생각할 것이다. 범인은 평소에 혐의를 두기 어려울 만큼 가치 있는 인물인 것이 좋다.

12. 몇 건의 살인이 등장하든 범인은 한 명이어야 한다. 원조자나 공범은 있을 수 있다. 하지만 독자의 의심이 집중될 수 있도록 모든 책임을 지는 이는 단 한 명이어야 한다.

13. 비밀 결사, 카모라(범죄 조직), 마피아 등을 탐정소설에 등장시켜서는 안 된다. 이런 것들이 등장하는 순간, 작가는 모험소설과 비밀 조직의 유혹에 빠져든다. 매력적이고 아름다운 살인은 이런 커다란 과실들로 심각하게 변질된다. 물론 탐정소설의 범인에게도 배경이 있을 수 있겠지만, 비밀 조직은 너무 지나치다. 자부심 있는 상류층 범인이라면 경찰과의 일대일 대결에서 그러한 배경을 끌고 오지 않을 것이다.

14. 살인 방법과 그 수사 방법은 합리적이고 과학적이어야 한

다. 유사 과학이나 사이비 이론, 상상력에 의존한 방법은 탐정소설에서 용납될 수 없다. 예를 들어 '슈퍼 라듐' 같은 새롭게 발견된 물질에 의한 살인이나, 저자의 상상 속에만 존재하는 희귀 약물에 의한 살인도 용납되지 않는다. 작가는 공식적으로 알려진 독물만을 사용해야 한다. 쥘 베른처럼 환상의 영역에 한 번 발을 들이밀면, 작가는 탐정소설의 경계를 벗어나 미지의 모험 세계를 신 나게 활보하게 될 것이다.

15. 사건의 진상은 독자가 의심할 여지없이 명백해야 한다. 범죄의 진상을 알고 있는 독자가 다시 책을 읽었을 때 모든 단서가 범인을 가리키고 있어야 한다는 뜻이다. 탐정만큼 영리한 독자라면 마지막 장에 도달하지 않고도 미스터리를 해결할 수 있으며 잘못된 부분도 짚어낼 수 있다.

탐정소설이 공정하고 합리적이라면 모든 독자에게 해결책을 숨기는 것은 불가능하다. 작가와 비슷한 사람은 반드시 존재한다. 작가가 작품 속 진술과 범죄 과정, 그리고 단서를 독자에게 공정하게 제시했을 때 영리한 독자들은 이를 분석하고 소거해 탐정처럼 논리적으로 범인을 파악할 수 있다. 바로 여기에 미스터리라는 게임의 묘미가 있다.

16. 탐정소설에서는 장황한 묘사, 지엽적인 부분에 관한 문학

적 설명, 쓸데없이 정교한 캐릭터 분석, 분위기에 대한 선입관 등을 자제해야 한다. 이러한 요소들은 범죄와 추론을 기록하는 데 크게 중요하지 않으며 이야기 진행을 더디게 하고 사건의 설명, 논리적 분석, 해결과 같은 탐정소설의 주된 목적을 달성하기 어렵게 만든다. 물론 소설의 개연성을 위해 적절한 배경과 등장인물 묘사는 필요하다. 하지만 현실을 생생하게 반영하고 독자를 등장인물에 몰입시키는 문학적 기술은 범죄소설이라는 글의 특성상 요구되는 수준과 균형을 맞춰야 한다.

17. 탐정소설에서 직업 범죄자가 범인인 것은 바람직하지 않다. 강도나 절도는 경찰이 처리하는 주된 업무이지, 재치 있는 아마추어 탐정이 다룰 범죄는 아니다. 직업 범죄자가 저지르는 범죄는 강력계 경찰의 일상 업무에 속한다. 교회 중역이나 자선가로 널리 알려진 귀부인이 저지르는 범죄 같은 것들이 탐정소설의 소재로 적합하다.

18. 탐정소설의 범죄는 결코 자살이나 사고로 밝혀지지 않아야 한다. 고된 추리 과정을 겪은 독자에게 그러한 결말을 제시하는 건 용서받을 수 없는 행위다.

19. 탐정소설의 범죄 동기는 개인적이어야 한다. 국제 음모나 정치적인 이유, 정보기관의 임무라는 동기에 의한 범죄는

다른 장르에 속한다. 탐정소설은 독자의 일상적인 경험을 반영하고, 독자의 억압된 감정에 대한 욕망의 탈출구가 되어야 한다.

20. 여기, 자존심 없는 작가가 이용할 만한 수법을 열거하려 한다. 이들은 너무 많이 사용돼 범죄소설 애호가에게는 이제 지겨운 수단들이다. 이런 수단을 사용하는 건 작가가 스스로 무능력하고 독창성이 부족하다고 인정하는 것과 같다.

- 범죄 현장에 남은 담배꽁초가 용의자가 애용하는 담배와 일치한다는 이유로 범인을 짐작
- 영적 집회 등을 통해 범인이 자백
- 지문 위조
- 변장한 사람을 이용한 알리바이 조작
- 개가 짖지 않았기 때문에 친숙한 이의 범죄라고 판단
- 무고한 쌍둥이나 닮은 친척을 진범으로 체포
- 피하주사나 몰래 섞은 독약
- 경찰이 부수고 들어간 밀실에서 살인을 저지름
- 유죄판결을 받아내기 위한 단어 연상 테스트(어떤 단어를 제시한 뒤 이를 듣고 떠오르는 첫 단어를 말하게 하는 검사)
- 최종적으로 탐정에 의해서만 해독되는 암호나 약호

고전 미스터리의 규칙들 3
: 챈들러의 10계명

1-7

하드보일드 스타일은 고전 미스터리에 대한 일종의 반발이다. 하드보일드를 대표하는 작가 레이먼드 챈들러는 1944년 「심플 아트 오브 머더」라는 짧은 에세이에서 영국 고전 탐정소설의 문제점, 특히 현실성 부분을 조목조목 지적한 바 있다. 레이먼드 챈들러가 생각한 이상적인 탐정소설은 과연 어떨까? 1949년에 그가 발표한 짧은 에세이, 「Casual Notes on the Mystery Novel」에서 그 모습을 확인할 수 있다.

레이먼드 챈들러는 미스터리 소설을 위한 열 가지 원칙과 열세 가지 논점을 제안했는데, 열세 가지 논점은 말 그대로 논점이기 때문에 열 가지 원칙만 남아 '챈들러의 10계명'으로 널리 알려져 있다. 일본에서는 9계명이라고 알려져 국내에도 그렇게 알려져 있는데, 10계명이 왜 9계명이 됐는지 그 이유는 정확히 알 수 없다.

10계명의 내용은 다음과 같다.

1. 미스터리 소설은 시작과 결말 모두가 확실하게 설득력이 있어야 한다.
2. 미스터리 소설은 살해 방법과 추론이 기술적으로 명확해야 한다.
3. 미스터리 소설은 캐릭터, 분위기, 배경이 사실적이어야 한다. 현실 세계와 현실의 인물들을 반영해야 한다.
4. 미스터리 장르의 요소와 상관없이 그 자체로 좋은 이야기여야 한다.
5. 미스터리 소설의 구조는 결말에 이르면 쉽게 드러나도록 본질적으로 간단해야 한다.
6. 미스터리 소설은 합리적이고 지적인 독자들을 현혹해야 한다.
7. 일단 제시한 해결 방법은 다른 것으로 바꿀 수 없어야 한다.
8. 미스터리 소설은 한 번에 모든 것을 시도하지 않아야 한다. 이성적인 수수께끼는 폭력적인 모험담이나 열정적인 로맨스와 양립할 수 없다.

9. 미스터리 소설에서 범죄는 반드시 처벌해야 하지만, 꼭 법적 절차를 따를 필요는 없다.

10. 미스터리 소설은 독자들에게 매우 솔직해야 한다.

이 중 3번 계명은 퍼즐 미스터리의 대척점에 서 있던 레이먼드 챈들러의 입장을 확실하게 보여준다. 다만 챈들러의 작품을 읽은 사람이라면 5번 계명에 다소 고개를 갸웃할지도 모르겠다.

범죄 이야기 속 세 가지 질문
: 후더닛, 하우더닛, 와이더닛

다시 한 번 고전 미스터리의 구조를 되짚어보자. '기이한 사건－탐정에 의한 논리적 추리－뜻밖의 결말'. 여기에 독자와 공정하게 대결하고자 하는 작가의 노력이 더해지면 보다 완성도 높은 고전 미스터리 형식이 된다. 앞서 소개한 녹스나 밴 다인의 규칙들은 이 구조를 최대한 정교하게 다듬기 위해 만들어졌다.

작품에서 수수께끼와 논리가 중요할수록 그 소실점은 자연스럽게 범인으로 향한다. 고전 미스터리는 그래서 종종 '후더닛(whodunit)'이라고도 불린다. 후더닛은 'who done it?'의 줄임말로 '범인은 누구?', '누가 저질렀지?'라는 의미이며, 그 질문에 답해야 하는 이는 탐정과 독자다. 이 용어는 황금기가 한창이던 1930년대부터 쓰이기 시작했는데, 탐정이 추리를 통해 일어난 사건을 재구성하고 제시된 수수께끼를 해결해 범인을 지목하는 스타일을 뜻하기도 한다. 이때 이야기 바깥에 있는 독자들은 등장인물 혹은 작가의 서술방식을 통해 탐정과 경쟁하게 된다.

미스터리 작품에서 제기되는 또 다른 질문으로 '하우더닛(howdunit)'이 있다. 하우더닛은 '어떻게', 즉 범행 방법에 대한 질문이다. 이 '어떻게'는 스릴러 장르에서 자주 등장하는 용어인 '범행 수법(MO : Modus Operandi, Method of Operating)'과는 차이가 있는데, 프로파일링에 쓰이는 범죄자 고유의 행동 패턴이 아니라 트릭과 같은 속임수에 더 가까운 뜻이다.

기상천외한 트릭과 엄밀한 과학적 태도에 천착했던 작가들은 범인의 정체보다 범행 방법을 더 중요하게 생각했다. '손다이크 박사'를 창조한 오스틴 프리먼은 아예 범죄자와 범행이 첫 부분에 공개되는 '도서 미스터리' 형식을 고안했고, 밀실의 대가로 불리는 존 딕슨 카는 불가능 범죄를 집요하게 파고들었다.

'누가 어떤 방법으로 범행을 저질렀나?'라는 질문은 꽤 오랫동안 미스터리 장르를 지탱해왔다. 후더닛과 하우더닛에 무게중심을 두는, 즉 범행 방법을 드러내 용의자를 한정하고 소거법으로 범인을 지목하는 미스터리는 '고전 미스터리'와 거의 같은 의미다. 황금기 영국 미스터리와 미국의 S. S. 밴 다인 유파, 그리고 일본 본격 및 신본격 작품들이 여기 해당된다. 이 스타일에 익숙한 독자들은 작가와의 게임에 기꺼이 참여하며, 게임이 공정하다면 결말에 관계없이 만족스럽게 책장을 덮는다.

이러한 스타일은 에드거 앨런 포에서부터 시작된 미스터리 장르의 정수로서 여전히 향수를 느끼는 독자와 작가가 존재하지만, 현대에 그다지 인기 있는 스타일은 아니다. (물론 일본이라는 독특한 예외가 있긴 하다.) 가장 큰 이유는 탐정이 통제할 수 없을 정도로 정보량이 폭발적으로 증가했고, 그만큼 사회가 복잡해졌기 때문이다. 겨우 140종의 담뱃재를 구분하는 셜록 홈즈를 현대에 데려다놓으면 어떤 의미가 있을까? 아직도 관찰과 추론만으로 마법처럼 범죄자를 찾아낼 수 있을까? 첨단 과학수사는 차치하더라도, 후더닛과 하우더닛을 고집하기에는 스마트폰과 CCTV만으로도 커다란 벽을 느낄 수밖에 없다. 고전 미스터리를 좋아하는 현대 작가들은 이 벽을 극복하기 위해 주로 두 가지 방법을 사용한다. 등장인물과 배경을 과거로 옮기거나, 아예 외부와 완전히 차단시키거나.

현대 미스터리 장르를 고전 미스터리의 구조로만 해석하

고 한정하는 건 시대에 맞지 않다. 미스터리 장르의 영역이 심각하게 위축될뿐더러, 이 분야에 포함되는 수많은 작품들을 전혀 설명할 수 없기 때문이다. 그래서 세 번째 질문이 필요하다.

'와이더닛(whydunit)'은 동기, 즉 범죄가 일어나게 된 배경이자 범죄자의 심리에 관한 질문이다. 탐정소설이 범죄소설로 변화하면서 미스터리 장르의 무게중심은 와이더닛으로 이동했다. 후더닛과 하우더닛이 독자에게 이성적인 만족(범죄의 논리적 해결을 통해 얻는 지적 쾌감)을 준다면 와이더닛은 독자가 이입할 수 있는 감성적인 만족을 선사한다. 와이더닛이 장르 전면에 등장하면서 미스터리 장르는 단순한 퍼즐에서 벗어나 보다 넓은 영역을 아우르는 범죄 문학으로 변모할 수 있었다.

1990년대 최고 걸작으로 꼽히는 스콧 스미스의 『심플 플랜(1993)』은 와이더닛의 모범 답안이라 할 만하다. 행크와 제이콥의 부모는 큰 빚을 지고 자살로 추정되는 사고로 목숨을 잃었다. 자질구레한 물건과 함께 부모가 남긴 유언은 기일에 형제가 함께 무덤을 찾으라는 것. 직장과 아내 그리고 미래가 있는 행크와는 달리, 형 제이콥은 술로 인생을 낭비하고 있다. 형제와 제이콥의 친구 루는 무덤에 가던 길에 눈 덮인 숲에서 추락한 경비행기를 발견한다. 비행기 안에는 조종사의 시체와 현금 440만 달러가 함께 있었다. 너무나 큰 행운 앞에 고민에 빠진 세 사람은 6개월 동안 돈을 보관한 뒤 별일 없으면 나누어 갖자는 간단한 계획을 세운다.

간단한 계획은 쉽게 깨진다. 사소한 의심과 불행한 사고로 비밀이 새어 나오고, 불신과 탐욕 역시 눈덩이처럼 불어난다. 행크는 비밀을 지키기 위해 필사적으로 발버둥 치지만 점점 파국으로 치닫는다. 『심플 플랜』에서 사소한 계기가 지옥으로 변해가는 과정은 너무나도 생생하다. 작가는 행크의 심리를 밑바닥까지 휘저으며 독자에게 끊임없이 질문을 던진다. 끊임없이 스스로를 설득하며 행운을 지키려한 행크는 점점 멀리 가게 된다. 독자는 행크의 필사적인 독백에 고개를 끄덕이다가 엄청나게 멀어진 일상과의 거리를 느끼고는 아연한 표정을 지을 수밖에 없다. '어쩌다 여기까지 왔을까.'

'범인'에서 '수법'을 지나 '동기'로. 범죄 이야기 속 세 가지 무게중심은 시간의 흐름에 따라 천천히 이동했다. 이는 탐정소설에서 범죄소설로 변모한 미스터리의 역사적 흐름과도 정확히 일치한다. 미스터리 장르의 중심은 '누가'와 '어떻게'를 지나 지금은 '왜'에 위치해 있다.

이러한 이유들로 인해, 앞서 이야기한 고전 미스터리의 구조는 다음과 같이 새롭게 정의할 수 있다. 미스터리는 범죄가 주된 소재이며, 'who'와 'how' 그리고 'why'라는 세 가지 질문을 통해 이야기를 풀어가는 장르다. 질문들은 홀로 쓰이기도 하지만, 대부분 한데 섞여 이야기를 구성한다. 창작자는 이 질문들을 통해 주제를 전달하며, 독자 역시 이 질문들을 통해 미스터리의 즐거움을 느낀다.

 단순하고도 명쾌했던 초기 미스터리 장르는 이제 다양한 서브 장르와 장르의 요소들이 한데 섞인 모습으로 희석돼 존재한다. 그렇다면 현재 어떤 작품들이 인기를 얻고 있을까? 미스터리는 창작되는 사회의 구조와 밀접하게 연결돼 있고 나라마다 그 역사적 흐름도 달라서, 언어권에 따라 유행하는 스타일에도 차이가 있다. 나라별로 '잘나가는' 작품 스타일을 속속들이 파악하는 건 꽤 까다롭지만, 전 세계 최대 시장인 영어권 미스터리의 동향은 비교적 쉽게 확인할 수 있다.

 2020년 4월, 세계 최대의 도서 리뷰 사이트 굿리즈(goodreads.com)는 다양한 미스터리 관련 리스트를 공개했다. 팬데믹으로 사회적 거리 두기에 동참한 독자들을 위한 배려인데, 그중 '지난 5년간 가장 인기 있었던 미스터리 리스트

40(The 40 Most Popular Mysteries of the Past Five Years)'은 현재 영어권 미스터리 시장이 어떤지 구체적으로 보여준다. (2021년 8월 기준으로, 국내에 출간된 작품은 한국어판 제목으로 표기했다.)

#1 『우먼 인 윈도(2018)』, A. J. 핀

#2 『우먼 인 캐빈 10(2016)』, 루스 웨어

#3 『이웃집 커플(2016)』, 샤리 라피나

#4 『비하인드 도어(2016)』, B. A. 패리스

#5 『사일런트 페이션트(2019)』, 알렉스 마이클리디스

#6 『인투 더 워터(2017)』, 폴라 호킨스

#7 『오리진(2017)』, 댄 브라운

#8 『우리 사이의 그녀(2018)』, 그리어 헨드릭스·세라 페카넨

#9 『아웃사이더(2018)』, 스티븐 킹

#10 『그때 내 딸이 사라졌다(2018)』, 리사 주얼

#11 『드라이(2017)』, 제인 하퍼

#12 『All the Missing Girls(2016)』, Megan Miranda

#13 『나비 정원(2016)』, 닷 허치슨

#14 『더 걸 비포(2017)』, JP 덜레이니

#15 『I Am Watching You(2017)』, Teresa Driscoll

#16 『Before the Fall(2016)』, Noah Hawley

#37 『괴물이라 불린 남자(2016)』, 데이비드 발다치

#38 『달콤한 노래(2016)』, 레일라 슬리마니

#39 『집안의 타인(2017)』, 샤리 라피나

#40 『Final Girls(2017)』, Riley Sager

40권 중 국내에 출간된 작품은 (2021년 8월 20일 기준) 총 29권이다. 리스트를 살펴보면 '쏠림'이라는 말이 부족할 정도로 치우쳐 있는데, 『오리진(2017)』, 『아웃사이더(2019)』, 『Lethal White(2018)』, 『드라이(2016)』, 『나비 정원(2016)』, 『비밀의 비밀(2016)』, 『괴물이라 불린 남자(2016)』 정도를 제외하면 모두 같은 부류로 묶을 수 있다. 최근 스릴러 시장을 지배하는 도메스틱 스릴러(Domestic Thriller) 작품들이다.

기본적으로 심리 스릴러에 속하는 도메스틱 스릴러는 결혼이 파멸의 시작으로 설정돼 있기 때문에 매리지 스릴러(Marriage Thriller)라고도 불리며, 이야기 주체가 대부분 여성이고 독자층 또한 여성이 많아서 가벼운 의미로 칙 누아르(Chick Noir)라고 불리기도 한다. 도메스틱 스릴러가 시장의 주류로 떠오른 이유는, 물론 길리언 플린의 『나를 찾아줘(2012)』 때문이다. 『나를 찾아줘』의 어마어마한 성공 이후 비슷한 작품들이 쏟아져 나왔는데, 놀랍게도 엇비슷한 성공을 거둔 작품들이 연이어 등장했다.

　이러한 유의 작품들이 인기를 얻고 있는 이유는 뭘까? 어떤 이들은 결혼 제도를 받아들이는 여성의 관점 자체가 변화했다는 데에서 그 이유를 찾는다. 결혼은 가장 가까운 인간관계를 새롭게 형성하지만, 동시에 독립적인 여성에게 큰 공포가 될 수 있다. 이제 여성들은 이 문제를 보다 주도적으로 타개하려 한다. 또 소셜미디어의 범람을 이야기하는 이들도 있다. 우리는 그 어느 때보다 개인의 사생활에 익숙해졌고, 소셜미디어는 때때로 관계나 인간의 양면성을 극적으로 드러낸다.

　언제나 대중매체와 결합해 끈질기게 상업성을 찾는 스릴러는 아마 현실을 가장 예민하게 반영하는 장르일 것이다. 때때로, 스릴러를 들여다보는 건 그 시대의 풍속을 들여다보는 일과 비슷하다고 생각한다. 현재 영어권 미스터리는 예전보다 더 일상적이고 더 개인화돼 있으며, 관계의 문제를 치밀하게 파고든 작품이 인기를 얻고 있다.

　영어권 베스트셀러 40권 중 무려 29권이 국내에 소개됐을 만큼, 한국 미스터리 시장은 역동적이다. 인기 있는 해외서는 자국과 동시 출간될 정도로 대부분의 나라보다 훨씬 더 빠르게 소개된다. 한국 미스터리 시장은 1970년대에서 1990년대 초반까지 문고본, 스포츠 신문 등에 힘입어 전성기를 누리다 이후 깊은 침체를 겪었다. 출간되는 도서 자체가 거의 없어서 미스터리 독자들이 헌책방을 전전할 정도였다. 그러던 중 2000년대 초반 '셜록 홈즈 시리즈'의 대성공으로 시장이 다시 달아올랐다. 이후 일본 미스터리와 영어권 미스터리, 북유럽 미스터리 등이 차례차례 썰물처럼 밀려들었고, 지금까지 매년 250종 이상의 도서가 출간될 정도로 상업적인 시장이 됐다.

일반적으로 장르 시장은 국내 작가가 강성하면 해외서(번역서)가 힘을 잃고, 해외서가 인기를 끌면 국내 작가는 사그라지기 마련이다. 국내 미스터리 시장은 해외서 비중이 너무 높다는 고질적인 문제가 있다. 이 쏠림 현상은 거의 20년 가까이 유지되고 있다. 현재 시장은 읽을 만한 해외 작품들이 거의 다 소모됐고, 마니아층을 제외한 독자들이 창작이 활발한 다른 장르로 많이 빠져나갔다. 대중매체에 가장 잘 어울리지만 여전히 창작과 데뷔가 힘들고, 고속 성장 중인 웹소설 시장에서 완전히 외면 받고 있다는 구조적 문제도 있다.

국내 시장 속 세계의 미스터리

앞에서 언급했듯 국내 미스터리 시장은 해외서 비중이 특히 높다. 그리고 그 해외서를 들여다보면 대부분 영어권과 일어권 작품이다. 그럼 '다른' 나라의 작품들은 어떨까. 영어와 언어적 거리가 먼 아시아권을 제외하면, 각국의 뛰어난 미스터리 작품들은 대부분 영역돼 영어권 시장에 먼저 진출한다.

예를 들어, 2010년대 이후 국내 미스터리 시장에 활발히 소개됐던 북유럽 작품들은 2000년대 초반 영어권 시장에서 발굴해낸 새로운 트렌드였다. 전세계 출판 시장에서 미국이 차지하는 비중이 압도적이기 때문에 일어나는 자연스러운 현상이다.

영어권과 일어권을 제외한다면, 그나마 유럽의 작품들이 국내에 가장 많이 소개돼왔다. 유럽의 범죄소설은 자국 시장에서 언제나 강력한 경쟁력을 보여주는 장르이며, 프랑스의 프레드 바르가스, 스페인의 마누엘 바스케스 몬탈반, 이탈리아의 안드레아 카밀레리 같은 전 세계적 거장들이 활약하는 분야이기도 하다.

굳이 아르센 뤼팽이나 매그레 경감까지 거슬러 오르지 않더라도, 유럽의 범죄소설 중 국내에서 상업적으로도 크게 성공한 작품들도 제법 많았다. 프랑스의 기욤 뮈소나 독일의 넬레 노이하우스는 국내 시장에 '다른' 언어로 쓰인 범죄소설이 소개될 수 있는 인상적인 계기를 만들어냈다.

그리고 2014년, 찬호께이의 『13·67』의 성공을 시작으로 중국어권 작가들의 작품이 국내 시장에 연달아 소개됐다. 모두 같은 한자 문화권으로 묶여 있지만 홍콩, 타이완, 중국의 작품은 그들 지역에서 사용되는 언어처럼 미묘한 차이가 있다.

중국 미스터리는 해외서의 유입으로 크게 발전했는데, 1970년대 말 문화대혁명 이후 애거사 크리스티를 비롯해 양질의 해외 미스터리가 발간되면서 자국 미스터리 시장도 성장하기 시작했다. 인구가 많아 자국 시장이 크다는 장점을 디딤돌 삼아 여러 서브 장르가 창작됐고, 2000년대 이후로는 미스터리상 제정과 영상화 등을 통해 폭발적으로 성장했다. 중국의 3대 범죄소설 작가로 불리는 레이미, 쯔진천, 저우하오후이는 이 시기 두각을 드러낸 작가다.

타이완 또한 1975년 장제스의 사망과 함께 일본 미스터리가 활발히 소개되면서, 그 영향을 크게 받으며 시장이 형성됐다. 이후 경제성장과 더불어 창작 시장의 기틀이 마련됐고, 2000년대 후반 중국어로 쓰인 작품을 대상으로 하는 국제 대중문학상인 '시마다 소지 추리소설상' 제정과 타이베이 국제도서전 개최 등을 통해 자국 미스터리가 크게 성장했다. 현재 국내에는 미스터펫, 저우둥, 워푸, 천지무한 등의 작가가 소개됐다.

지금은 뜸하지만, 호르헤 루이스 보르헤스의 영향으로 아르헨티나를 포함한 스페인어권 작가들이 국내에 자주 소개되던 시절도 있었다. 페데리코 아사트, 마이테 카란사, 돌로레스 레돈도는 기억해둘 만한 이름이다.

마지막으로 현재 전 세계 범죄소설 시장에서 각광받는 나라는 인도라고 할 수 있다. 2021년 에드거상 장편 부문은 디파 아나파라의 『보라선 열차와 사라진 아이들』이 수상했는데, 인도 사회의 특수성(신분제도와 빈곤, 종교적 폭력 등)은 범죄소설의 새로운 배경으로 자리하고 있다.

PART 2

서브 장르

2-1 당신 머릿속의 그 미스터리
: 고전과 황금기

　오랜 시간이 지나도 가치를 잃지 않는 작품들을 '고전'이라고 부른다. 미스터리에서 '고전'은 물론 '오래되고 가치 있는'이라는 의미도 있지만, 장르 초기에 만들어진 구체적인 형식을 가리킨다. 영어권의 황금기에 완성된 이 형식을 따르는 작품들을 '고전 미스터리'라고 부른다. '클래식 미스터리', '고전 미스터리', '황금기 미스터리', '전통 미스터리', '후더닛 미스터리' 등은 모두 비슷비슷한 의미다.

　미스터리의 황금기는 대개 제1차대전과 제2차대전을 전후한 시기, 그리고 그때 생산된 영어권 미스터리의 특성을 뜻한다. 어떤 이들은 E. C. 벤틀리의 『트렌트 최후의 사건(1913)』에서 이언 플레밍의 『카지노 로열(1953)』까지 구체적인 기간을 설정하기도 했는데, 이는 어디까지나 영국에 한한 이야기다. 황금기 미스터리의 균열은 비슷한 시기에 이미 미국에서 진행되고 있었다.

'셜록 홈즈 시리즈'가 황금기 미스터리의 기반을 세웠다는 설은 부정할 수 없는 사실이다. 그 엄청난 상업적 성공은 초기 미스터리의 형식을 후대에 전달하는 튼튼한 다리 역할을 했다. 미스터리의 주된 형식이었던 단편은 이 확실한 성공 모델 덕분에 황금기 초기를 지배하게 된다.

황금기 초기는 인간을 넘어서는 능력을 지닌 이상한 탐정들과 어리석은 경찰들이 짧은 이야기 속에서 함께하던 시기였다. 자크 푸트렐의 '사고 기계' 밴 듀센 교수, G. K. 체스터튼의 브라운 신부, 오스틴 프리먼의 손다이크 박사, 아서 모리슨의 마틴 휴이트, 배로니스 에뮤스카 오르치의 구석의 노인을 비롯한 수많은 탐정들이 이때 영광을 누렸다. 빅토리아 후기 다양한 탐정들의 모습은 2011년 국내 출간된 『셜록 홈즈의 라이벌들』에서 어느 정도 확인할 수 있다.

장편은 제1차대전이 끝나면서 서서히 단편의 자리를 이어받는다. '독자와의 공정한 게임'이라는 전제 아래 다양한 세부 규칙이 덧붙었고, '기이한 사건—탐정에 의한 논리적 추리—뜻밖의 결말'이라는 구조가 완성됐다.

황금기 미스터리에는 대부분 독자와 대결하는 탐정이 등

장한다. 탐정의 날카로운 추리는 작품 전체의 긴장을 고조시키고 플롯을 앞으로 나아가게 한다. 독자의 주의를 흐트러뜨리는 함정이 설치돼 있을 수 있지만 추론에 이르는 증거는 독자에게 모두 공개돼 있으며, 범인은 반드시 사건이 해결되기 전에 언급된다. 그리고 마지막 반전이 독자를 설득할 수 있는지에 작품의 모든 무게중심이 쏠려 있었다. 황금기 작가들은 어디까지나 공정한 게임에 참여하는 자세로 작품을 썼다.

미스터리 하면 떠오르는 거장들은 대부분 황금기에 전성기를 누린 작가들이다. 영국에는 애거사 크리스티, 도로시 세이어스, 앤서니 버클리, G. K. 체스터튼 등이 있었고, 미국에서는 S. S. 밴 다인, 엘러리 퀸, 존 딕슨 카를 황금기 대표 작가로 꼽을 수 있다. 국내에 많은 작품이 소개되지는 않았지만 영국의 마이클 이너스와 니콜라스 블레이크가 황금기 후기 작가에 해당하며, 미국에서는 '네로 울프 시리즈'로 잘 알려진 렉스 스타우트가 그 흐름을 이어받았다.

장르소설의 핵심이 작가와 독자가 공유하는 규칙이며 그 화학작용에서 만들어지는 즐거움을 목표로 한다면, 황금기 미스터리는 범죄를 소재로 한 장르소설의 정점이라고 말할 수 있다. 트릭, 단단한 플롯, 교묘한 기법, 우아한 태도, 이성과 논리에의 집착 등은 이 시기 최고조에 이르렀다. 고전 미스터리 중 황금기에 출간된 걸작들을 능가하는 현대 작품은 거의 없다고 해도 지나친 말은 아니다.

반면 형식에 치우친 나머지 심각한 단점도 있었다. 탐정과 범죄의 세계, 그리고 독자와의 공정한 게임이라는 장치를 완벽하게 작동시키기 위해 소설의 다른 요소를 너무 쉽게 포기해버린 것이다. 어떻게 보면 황금기 미스터리는 현실에서 발을 뗀 판타지와 같다고 할 수 있다. 결국 이런 스타일은 변화하는 사회에 잘 적응하지 못했고, 미스터리 작가들과 독자들의 영원한 향수로 남게 된다.

황금기 미스터리는 장르의 근본이자 핵심이지만, 현재 시장에서는 그 형식을 추구하는 작품들을 찾기가 어렵다. 작가 입장에서 보면 너무 쓰기 어렵고, 독자 또한 마니아층에 한정돼 있기 때문이다. 들인 노력에 비하면 수익은 크게 기대할 수 없다. 간단하게 말하면 시장이 크지 않다는 뜻이다. 그래도 황금기 미스터리를 현대에 되살리려는 시도는 끊임없이 이어졌는데, '코지 미스터리'나 일본의 '신본격 미스터리' 같은 서브 장르들이 그 예이다. 이들은 이후 더 자세히 알아보도록 하자.

마지막으로 2019년 11월 영국 「가디언」지에서 소개된 황금기 미스터리 10작품(Top 10 Golden Age Detective Novels)을 살펴보자. 모두 영국 작품이며, 1950년대 이후 작품들은 한 작품을 제외하고는 국내에 소개되지 않았다. 어떻게 보면 '황금기 미스터리'의 상업적인 한계를 단적으로 보여준다고 할 수 있다. 이들 중 애거사 크리스티의 작풍을 액자 형식으로 오마주한 『맥파이 살인사건(2016)』은 우리나라와 중국에서 상당히 높은 인기를 얻었고, 일본 주요 랭킹 잡지에서 4관왕을 차지할 정도로 화제를 모았다.

#1 『그리고 아무도 없었다(1939)』, 애거사 크리스티

#2 『녹색은 위험(1944)』, 크리스티아나 M. 브랜드 (국내 절판)

#3 『눈 먼 사랑(1950)』, 조지핀 테이 (전자책)

#4 『영국식 살인(1951)』, 시릴 헤어

#5 『The Tiger in the Smoke(1952)』, Margery Alilngham

#6 『The Killings at Badger's Drift(1987)』, Caroline Graham

#7 『Death in Holy Orders(2001)』, P. D. James

#8 『The Act of Roger Murgatroyd(2006)』, Gilbert Adair

#9 『맥파이 살인사건(2016)』, 앤서니 호로비츠

#10 『The Truants(2019)』, Kate Weinberg

추천 : 인류가 만들어낸 최고의 살인극

『그리고 아무도 없었다(1936)』, 애거사 크리스티

1920년에서 1976년까지 80권이 넘는 작품을 남긴 애거사 크리스티는 자서전에서 가장 쓰기 힘들었던 작품 중 하나로 『그리고 아무도 없었다』를 꼽았다. 황금기를 빛낸 수많은 별과 같은 작품들 중 굳이 이 작품을 추천하는 이유는 새로운 패러다임을 제안했기 때문이다. 피해자와 범인이 함께 있는 닫힌 공간, 흔히 '클로즈드 서클'이라 불리는 형식은 일본 신본격을 비롯해 현대 미스터리에 큰 영향을 끼쳤다.

2-2 세상의 탐정 반은 여기서 태어났다 : 하드보일드

세상의 탐정은 두 가지 부류로 나뉜다. 하나는 셜록 홈즈의 후예들, 다른 하나는 필립 말로의 후예들이다. 전자는 고전 미스터리 속 탐정이고 후자는 하드보일드 속 탐정이다. 두 이야기 모두 '탐정'이 중심이지만, 이들의 삶은 시쳇말로 하늘과 땅 정도의 차이가 있다. 예를 들어, 초인적인 이성을 지닌 고전 미스터리 속 탐정들은 대부분 존경받는 사회 명사다. 의뢰인 또한 상류층이 많고, 당연히 생계도 걱정하지 않는다. (독자들도 딱히 신경 쓰지 않는 부분이다.) 반면 하드보일드 속 탐정들은 고용된 노동자들이거나 개인사업자다. 대실 해밋의 작품 속에 등장하는 이름 없는 탐정(콘티넨털 옵)은 사무소에 보내야 할 보고서를 강박적으로 걱정하며, 레이먼드 챈들러의 탐정 필립 말로의 수임료는 하루에 25달러다(경비는 별도).

뜬금없지만, 탐정들의 생계를 걱정해보는 건 하드보일드를 이해하는 첫걸음일 수 있다. 하드보일드는 고전 미스터리에 대한 의도적인 반발에서 시작됐고, 그만큼 현실을 반영한 서브 장르이기 때문이다.

영국 미스터리가 교묘한 살인극에 열중하는 동안, 미국은 급격한 변화를 맞이하고 있었다. 제1차대전 이후, 미국 사회는 갑작스러운 번영과 이를 미처 따라가지 못한 보수적인 가치관 사이에서 혼란을 겪고 있었다. 재즈와 갱, 금주법과 대공황으로 이어지는 1920년대, 싸구려 소설의 전통을 계승한 펄프 잡지는 시대에 쌓인 다양한 욕망의 배출구 역할을 맡았다. 수많은 펄프 잡지 중 단연 두각을 드러낸 것은 「블랙 마스크」였다. 특히 육군 장교 출신인 조셉 쇼가 편집권을 가지고 있었던 1926년부터 1936년까지, 우리가 흔히 말하는 하드보일드의 근간이 만들어졌다.

조셉 쇼는 미국 사회에 만연한 부패를 폭로하는 일이야말로 매체가 나아갈 방향이라고 생각했다. 유한계급이나 대변하는 우아한 퍼즐 미스터리는 폭로에 어울리는 형식이 아니었다. 그는 작가들이 불필요한 수식어를 사용하는 것을 엄격히 제한했고, 입체적인 캐릭터가 등장하는 폭력적인 이야기를 강력하게 요구했다.

하나의 서브 장르나 막연한 폭력성을 뜻하기도 하지만, 하드보일드는 결국 하나의 문학적 스타일이다. 스타일은 대부분 문체로 만들어지고, 문체는 무심한 태도에서 비롯된다. 하드보일드의 탐정들은 신사도 귀족도 아니었다. 그들은 우아한 이성이 아닌 절박한 생존 본능으로 움직였고, 당시 독자들이 머물고 있는 현실처럼 거칠고 폭력적이었다. 비정한 탐정과 장식 따위 없는 날것의 문체는 「블랙 마스크」의 작가들을 통해 널리 퍼져 나갔다.

하드보일드는 세 작가로 압축된다. 대실 해밋, 레이먼드 챈들러, 로스 맥도널드. 독자들은 이들을 '하드보일드 삼위일체'라고 부르며 각별한 애정을 보낸다. 세 작가는 활동한 시기와 스타일에 조금씩 차이가 있는데, 각각의 영역과 겹친 부분들이 하드보일드 전체를 구성한다고 해도 지나친 말은 아니다.

하드보일드는 1920년대 초 캐럴 존 데일리의 단편들에서 유래했지만, 거기에 무게를 얹고 대중화한 것은 대실 해밋이었다. 실제 기업에 고용돼 노동조합을 탄압했던 탐정이었고, 세계대전에 두 번 참전했으며, 매카시즘 광풍에 휩쓸려 수감되는 등 그 어떤 시기보다도 혼란스러웠던 미국을 파란만장하게 살아간 그는 1922년부터 「블랙 마스크」에 단편을 발표하며 점차 위대한 작가로 성장하게 된다. 『붉은 수확(1929)』으로 시작해 이어진 총 다섯 편의 장편(『데인 가의 저주(1929)』, 『몰타의 매(1930)』, 『유리 열쇠(1931)』, 『그림자 없는 남자(1934)』)은 미국 미스터리뿐 아니라 미국 소설사에서도 가장 중요한 작품에 속한다.

대실 해밋의 후계자 중 가장 뛰어난 작가는 레이먼드 챈들러였다. 영국 해군성이라는 안정적인 직장을 그만두고 미국으로 건너간 그는 잡다한 직업을 전전하다가 석유회사 부사장 자리에까지 올랐지만, 알코올 중독과 개인적 추문으로 44세에 직장에서 해고당한다. 챈들러는 이후 불면증에 시달리는 등 우울한 시기를 보내다가 당시 유행하던 펄프 픽션들을 접하게 됐고, 소설을 써서 생활비를 벌기로 결심한다. 그는 「블랙 마스크」에 게재한 단편 「협박자는 쏘지 않는다(1933)」 이후 5년 동안 틈틈이 작품을 연재하며 혹독한 작가 수업을 거쳤고, 1939년 발표한 『빅 슬립』이 큰 성공을 거두면서 마침내 하드보일드를 대표하는 작가로 명성을 얻게 된다.

전직 경찰, 트렌치코트와 중절모, 냉소적인 말투, 김렛, 시가, 기사도를 연상케 하는 고결함. 레이먼드 챈들러가 창조한 탐정 필립 말로와 그가 거닐던 비열한 거리는 하드보일드의 원형이라 해도 지나침이 없다. 태도, 기법, 인물 등 레이먼드 챈들러의 모든 스타일은 범죄소설로 변화하는 미스터리 장르 전반에 엄청난 영향을 끼쳤다.

1950년대에 이르면 하드보일드는 보다 대중적이고 선정적인 모습을 띠게 된다. 당시 천만 부 이상 판매됐던 미키 스필레인의 '마이크 해머 시리즈'가 대표적이다. 1960년대에는 탐정을 통해 사회를 세밀하게 통찰하는 정교한 작품들이 등장하게 되는데, 루 아처를 탄생시킨 로스 맥도널드가 이 흐름의 선두에 있었다.

대실 해밋이 선구자였고, 레이먼드 챈들러가 찬란한 생동감을 부여했다면, 로스 맥도널드는 깊이 있는 주제의식으로 하드보일드를 성숙시켰다고 평가받는다. 그의 작품에는 '인간의 정체성'과 '가정의 붕괴'라는 주제가 자주 등장하는데, 등장인물에 대한 깊이 있는 심리적 성찰과 신화가 연상되는 극적 구성은 비평가들에게 '미국 탐정소설의 완결'이라고 평가받는다. 로스 맥도널드는 1949년 발표된 『움직이는 표적』을 시작으로 1976년까지 루 아처가 등장하는 총 18편의 장편을 남겼다. 국내에 띄엄띄엄 소개돼 있긴 하지만 『소름(1967)』, 『블랙 머니(1965)』는 비교적 최근에 출간돼 쉽게 구할 수 있다.

고전 미스터리의 전성기에 미국에서 발아한 하드보일드는 범죄를 다루는 전혀 새로운 패러다임을 제안했다. 이는 형식에 갇혀버린 미스터리 장르에게 하나의 탈출구였고, 미스터리 장르가 현실과 함께할 수 있는 최적의 기회였다. 하드보일드 이후 미스터리는 게임에서 빠져나와 현실에 발을 디딜 수 있었으며, 탐정 또한 안락의자에서 내려와 땅에 발을 내딛기 시작했다.

 추천 : 복잡하지만 강렬한

『유리 열쇠(1931)』, 대실 해밋

스칸디나비아추리작가협회에서 수여하는 유리열쇠상 이름의 유래이자, 대실 해밋이 스스로 자신의 소설 중 최고라고 손꼽은 작품. 코언 형제의 영화 〈밀러스 크로싱〉의 모티브가 된 작품이기도 하다. 이야기는 헨리 상원의원의 정치 활동을 도우며 정치계에 입문하려는 폴 매드빅과 그를 형처럼 따르며 뒤처리를 도와주는 네드 보먼트를 중심으로 펼쳐진다. 어느 날 상원의원의 아들 테일러 헨리가 시체로 발견되고, 폴 매드빅이 범인으로 지목되면서 사건은 미궁 속으로 빠져든다. 등장인물들의 아이러니한 관계와 꼬이고 꼬인 사건을 통해 하드보일드 스타일이 선명하게 드러나는 작품이다. 물론 반전도 있다.

2-3 흑백에서 회색 지대로 : 스파이 소설

테크노 스릴러의 거장 톰 클랜시는 이런 말을 한 적이 있다. "원자폭탄을 만드는 가장 경제적인 방법은 원자폭탄을 만드는 법을 훔치는 것이다." 현대 정보전에서 산업 스파이가 갖는 위력을 간결하게 보여주는 말이다. 세계에서 두 번째로 오래된 직업이라는 여담처럼, 스파이는 매우 오래전부터 존재했다. 성경에 등장하는 예리코 전투나 『손자병법』의 간자론(間者論)을 보면, 기원전에도 정보의 우위가 세력 간 전쟁의 승패를 결정짓는 가장 중요한 요소였음을 알 수 있다.

스파이 소설은 미스터리 또는 스릴러의 하위 장르라고 여겨지지만(실제로 영어권에서는 스파이 소설을 종종 스릴러의 하위 장르 중 하나인 Espionage Thriller라고 부른다.) 그 전개와 발달 과정은 미스터리 장르와 차이가 있다. 스파이 소설은 에드거 앨런 포의 유산이라기보다 모험소설과 밀리터리 스릴러에 그 뿌리를 둔다.

스파이 소설은 국제 정세와 리얼리티를 기반으로 삼고 있기에 쓰기가 매우 어렵다. 초기뿐 아니라 지금까지도, 성공한 스파이 소설 작가 대부분은 실제 스파이였다. 그들은 자신의 경험을 소설 속에 녹여냄으로써 인기를 얻었다. 또 스파이 소설에는 지정학(地政學)의 지식과 치밀한 조사가 필요하므로, 이 장르는 영상과 함께 발전해왔다.

근대에 접어들어 스파이란 존재가 전면에 나서기 시작한 건 산업혁명 이후로, 발전된 과학기술이 첩보전의 주된 대상으로 등장하면서부터다. 그렇기에 스파이 소설은 자연스럽게 산업혁명의 중심지인 유럽 대륙, 특히 영국을 중심으로 발전했다. 스파이 소설은 국수적이고 정치적으로 우파의 입장을 대변할 수밖에 없었는데, 그 역사를 훑어보면 영국의 주적이 어디냐에 따라 내용이 달라진다. 제1차대전 이전의 적국은 대부분 프랑스였고, 이후에는 독일과 소련으로 바뀐다. 제2차대전 즈음에 이르면 수많은 탐정들이 파시즘으로부터 고국을 구하기 위해 첩보전에 뛰어든다.

제2차대전 이후 지속된 냉전 시기(1945~1991)는 스파이 소설을 성장시킨 요람과도 같았다. 미국과 소련의 갈등과 긴장 속에서, 스파이 소설은 단순한 활극에 머무르는 게 아니라 사회와 세계에 의문을 제기하고 '우리'의 기만을 고발하는 묵직한 역할을 담당했다. 하지만 베를린 장벽이 허물어지고(1989) 냉전 체제가 붕괴되자 스파이 소설은 혼란 속으로 빠져든다. 작가들은 냉전 구도에서 벗어나 정치 음모, 경제 비리, 환경 문제, 테러, 산업 스파이 등 자국의 이익이라는 새로운 소재로 눈을 돌렸고, 액션과 결합한 테크노 스릴러 또한 대중의 지지를 얻었다.

독일을 주적으로 삼은 영국식 스파이 소설의 선구자는 윌리엄 르 큐라고 할 수 있다. 그는 약 100권가량의 소설을 남겼는데, 대부분 스파이가 등장하는 모험소설이었다. 신문에 연재한 「Invasion of 1910(1906)」은 커다란 대중적 성공을 거두었다. 제1차대전을 예언한 것으로 알려진 어스킨 칠더스의 『모래톱의 수수께끼(1903)』도 빠지지 않고 언급되는 초기 작품이다. 이 작품은 다행히 전자책으로 국내에 출간돼 있다.

스파이 소설이 다른 장르와 구분되는 무게감을 갖는 이유는 문학적이라 평가받는 작가들이 이 형식을 즐겨 사용했기 때문이다. 조셉 콘래드는 『비밀요원(1907)』에서 무정부주의자들의 그리니치 천문대 폭발 사건을 통해, 기존의 것들과 다른 심리적이고 정치적인 스파이 소설을 만들어냈다. 영국 정보기관 MI6의 스파이로 활동하기도 한 서머싯 몸은 자신의 경험을 살려 『어셴든(1928)』이라는 단편집을 발표했는데, 극적인 운명에 사로잡힌 선명한 등장인물들과 이야기 전체에서 드러나는 도덕적 중립성은 후대 스파이 소설에 큰 영향을 끼쳤다. 쫓고 쫓기는 이들을 통해 국가와 개인의 관계를 조망한 그레이엄 그린도 스파이 소설의 형식을 이용했다. 그의 작품 『제3의 사나이(1949)』는 캐럴 리드의 영화로도 잘 알려져 있다.

스파이 소설의 역사에서 반드시 짚고 넘어가야 할 작가들을 살펴보자면, 먼저 존 버컨을 꼽을 수 있다. 존 버컨은 영국정보부 고위직이었으며, 캐나다 총독으로 경력을 마감했을 만큼 정치 구도를 이용하는 데 탁월한 감각이 있는 작가였다. 스파이, 모험, 스릴러의 요소가 결합된 걸작 『39계단(1915)』은 앨프리드 히치콕 감독의 영화에 힘입어 지금까지도 기념비적인 작품으로 남아 있다. 그리고 후대 모든 스파이 소설 작가에게 영향을 끼친 에릭 앰블러가 있다. 『디미트리오스의 가면(1939)』은 유럽 도시 전체에 대한 지정학적 성찰이 엿보이며, 끝까지 읽게 하는 절묘한 플롯이 인상적인 작품이다. 그가 작품 속에서 보여준 리얼리티는 스파이 소설을 진정한 장르로 끌어올렸다고 해도 과언이 아니다.

이언 플레밍은 스파이 소설의 상업성을 최대로 끌어올린 작가다. 제2차대전 이후, 그때까지 남아 있던 보수적인 분위기를 날려버리는 낭만적이고 선정적인 오락물은 스파이 소설의 방향을 일시에 바꿔놓았다. 저널리스트이자 첩보 분석관이었던 이언 플레밍은 줄곧 국제 정세에 흥미를 가지고 있었는데, 은퇴 후 소일거리로 창조한 제임스 본드와 그가 등장하는 '007 시리즈'는 영화와 결합하며 전 세계에 1억 부 이상 판매됐다.

존 르 카레는 이언 플레밍과 대척점에 서 있는 작가다. 그는 냉전이라는 시대에 끝없이 지속되는 첩보전이 어떻게 '인간'을 파괴하고 어떻게 거대한 '아이러니'를 만들어내는지에 천착했다. 그는 『추운 나라에서 돌아온 스파이(1963)』가 베스트셀러가 된 후 전업작가로 변신해 『팅커, 테일러, 솔저, 스파이(1974)』, 『스마일리의 사람들(1979)』, 『리틀 드러머 걸(1983)』 등의 걸작을 계속해서 발표한다. 또 냉전 체제가 무너진 이후에도 러시아 마피아, 국제 마약 거래, 다국적 제약사의 음모 등 달라진 시대에 유연하게 적응하며 여전히 거장으로 남았다.

전통적인 영국식 스파이 소설은 미국에서 하이테크 스릴러 또는 테크노 스릴러라 불리는 서브 장르로 진화했다. 이 서브 장르를 말할 때 반드시 언급해야 하는 작가는 톰 클랜시다. 보험설계사로 일하며 모은 자료로 발표한 『붉은 10월호(1984)』는 스릴러의 판도를 완전히 바꿔놓았고, 그는 연이어 『패트리어트 게임(1987)』, 『긴급 명령(1989)』, 『공포의 총합(1991)』을 발표하면서 거장의 지위에 올랐다. 대테러전, 첨단 무기와 시스템을 이용한 현대전을 쓰는 모든 작가들은 톰 클랜시의 그늘 아래 있다고 할 수 있다.

추천 : '스파이'가 아닌 인간에 대한 고찰

『추운 나라에서 돌아온 스파이(1963)』, 존 르 카레

최근 작고한 존 르 카레의 세 번째 작품이며 가장 널리 알려진 작품. 1960년대 영국과 독일의 격렬한 첩보전을 배경으로 회색으로 존재할 수밖에 없는 '스파이'의 본질을 담았다. 이 작품의 전 세계적인 성공 이후 존 르 카레는 통장 잔고를 확인하고 전업작가가 될 결심을 굳힐 수 있었다. 존 르 카레의 작품 속에서 '적'과 '우리'는 분명하게 구분되지 않으며 스파이는 한낱 약한 인간에 불과할 뿐이다. 『추운 나라에서 돌아온 스파이』에는 존 르 카레를 관통하는 키워드인 '파멸에 대한 감각', '장소에 대한 감각', '아이러니'가 모두 담겨 있다.

2-4 안락하고 편한 미스터리 : 코지 미스터리

'코지 미스터리(cozy, cozies, 이하 코지)'는 딱 잘라 말하기 어려운 서브 장르다. 범죄가 필수 요소인 장르에 '안락함'이라니, 그 명칭마저 왠지 이율배반으로 보인다. '코지'를 이해하기 위한 가장 빠르고 효율적인 방법은, 미스터리 장르내에서 '코지'가 아닌 것들을 제외해보는 것이다.

비열한 거리를 묵묵히 걷는 탐정이 등장하는 레이먼드 챈들러의 하드보일드, 추악한 사회의 밑바닥에서 일어나는 끔찍한 범죄를 다루는 제임스 엘로이의 누아르, 연쇄살인범을 추적하는 토머스 해리스의 사이코 스릴러는 어떨까. 회색 지대에서 누구도 쉽게 진실을 말하지 않는 존 르 카레의 스파이 소설은? 사회의 어두운 그늘을 범죄로 드러내는 마쓰모토 세이초의 사회파나, 탐미적이고 선정적인 범죄를 극한의 논리로 밀어붙이는 시마다 소지의 신본격 미스터리도 있다.

이들은 '코지'와 정반대 지점에 위치한, 어떻게 보면 '불편한' 서브 장르들이다. 이들 스타일의 등장인물과 사회적 배경을 관통하는 핵심은 부조리와 타락, 속임수, 선정적인 범죄이며 당연히 이 서브 장르들은 '코지'의 범주 안에 포함될 수 없다.

'누아르'의 작가가 비관론자라면, '코지'의 작가는 낙관론자다. '코지'의 세계관은 어디까지나 희망을 믿는다. '코지' 속에서 일어난 범죄는 균형 잡힌 아늑한 세계에 생겨난 지저분한 얼룩이다. 여기 상식적이고 건전한 탐정이 등장해 논리라는 도구로 그 얼룩을 제거하면, 질서와 균형이 회복되어 다시 아늑한 세계로 돌아가는 것이다. '코지'의 이런 세계관은 현실과 동떨어졌다고도 볼 수 있다. 그저 '좋은 세상'에서 일어나는 일. 줄리언 시먼스는 이를 '동화의 세계'라고 표현하기도 했다.

제1차대전과 제2차대전을 전후한, 미스터리의 황금기라 불리던 시기에 영국 미스터리는 너무 발전한 나머지 점점 '동화' 같아졌다. 체제의 안정, 질서 유지를 바라는 장르 특유의 보수성과 맞물려 이런 분위기는 더욱 심해졌다. 세계는 전쟁에 휩쓸려 극도로 혼란스럽고 급격한 변화로 꿈틀

대는데, 정작 고전 미스터리 안에서는 계급 사회가 익숙한 귀족들이 장원에 모여 알리바이나 떠들고 있었다. 하드보일드 작가들은 특히 이 지점을 집요하게 공격했고, 미국을 중심으로 범죄를 이야기하는 새로운 방법이 만들어지기 시작했다. 이는 시대적 요구이자 필연이었다.

미스터리 장르는 기본적으로 '사회적 의미를 지닌 범죄'를 다루는 이야기다. 역사적으로 보면 그 범죄를 다루는 방식이 변화하고 있는데, 전통적인 미스터리에서 누가 범인인지, 그 범인이 어떤 기발한 트릭을 사용했는지가 중요했다면 지금은 범죄의 의미, 범죄자의 동기가 훨씬 중요하다. 전통적인 미스터리는 현재 '범죄소설'로 완전히 바뀌었고, 이는 사회와 밀착해 변화하는 미스터리 장르 고유의 특징이라 할 수 있다.

그렇다고 해서 전통적인 고전 미스터리가 완전히 사라진 건 아니다. 오늘날에도 아늑한 시절을 그리워하는 작가와 독자들이 (여전히) 존재한다. 어떻게 보면 '코지'는 살아남고 싶은 고전 미스터리의 한 형태라 할 수 있다. '코지'라는 명칭 자체도 황금기 여성 작가의 미스터리 스타일(애거사 크리스티나 도로시 세이어스, 나이오 마시 같은 작가들의 스타일)이 현대화되면서 달라붙은 것이다.

지금이 1920~1940년대가 아님에도 '동화 세계'의 '코지'가 상업적 힘을 가질 수 있는 이유는 작가들이 그만큼 현실에 잘 적응하고 있기 때문이다. 그들은 달라진 시대를 간과하지 않았고 독자들이 바라는 낙천적인 미스터리의 세계관을 최대한 유지하려고 노력했다. '코지'는 특히 여성 독자들에게 인기를 얻었고, 하나의 거대한 카테고리로 발전해가면서 여러 가지 규칙들이 덧붙게 됐다. 이 규칙들은 각각 동심원을 그리며 저마다 '코지'의 영역을 표시하고 있다.

미국에 '맬리스 도메스틱(malice domestic)'이라는 비영리 재단이 있다. 이 단체는 같은 이름의 컨벤션을 매년 개최하고 '애거사상(Agatha Awards)'도 수여하는데, 맬리스 도메스틱에서 다루는 장르의 기본 요건은 다음과 같다.

"애거사 크리스티 작품으로 가장 잘 대변되는 전통적인 미스터리, 노골적인 성행위나 과도한 폭력성이 없는 넓은 개념의 미스터리."

'코지'의 규칙은 여기서부터 시작한다. 일단 선정적이거나 폭력적이지 않아야 한다. 있더라도 전체적인 분위기에 어울리게 순화해야 한다. 목을 자르고 시체를 바꾸거나, 피해자를 잔혹하게 고문하거나, 김전일식(式)으로 '그렇게까지 할 수밖에 없는 수십 년 묵은 강력한 원한'과는 전혀 다른 범주다.

선정성과 폭력성이 약하니, 사건 자체는 잔인한 본성이 아니라 주로 '관계의 문제'에 의해 발생한다. 사건이 '관계의 문제' 때문에 일어났다면 탐정 역할을 맡은 이가 전체를 파악하기 쉽도록 조금 작은 배경이 잘 어울린다. '코지' 속 사건은 대개 작은 지역에서 발생하며 용의자는 거의 다 익숙한 인물이다. 그리고 언제나 풍문과 뒷담화에 굶주린 듯한 등장인물이 도사리고 있으며, 오지랖이 넓은 이들이 탐정을 (본의 아니게) 돕는다.

탐정 역할을 맡은 이들은 도로시 세이어스의 피터 윔지경이나 애거사 크리스티의 미스 마플의 후예들이다. 대부분 범죄 전문가가 아니며, 건전하고 상식적이며 논리적이지만 아마추어가 많다. 이들에게는 경찰 등 정부 기관에 연결된 친구들이 한 명씩 있다. 애인도 좋고, 여성이라면 남편이나 남편의 친구도 좋다. 현대 사회에서 범죄 수사는 아마추어의 영역이 아니기 때문에 '코지'의 작가는 이들을 이용해 현실과 맞지 않는 부분을 바로잡는다.

'코지'의 가장 큰 특징 중 하나는 아마추어 탐정들이 보통 다른 직업이나 전문적인 취미를 가지고 있다는 점이다. 이들은 요리사나 숙박업소 주인이기도 하고 정원사, 사서, 서점 주인, 꽃집 주인, 선생님, 제빵사, 소믈리에, 바리스타, 심지어 웨딩 플래너 같은 다양한 직종에서 일한다.

탐정에게 이런 직업을 장착(?)하는 이유 중 하나는 탐정이 굳이 움직이지 않아도 누군가 계속 찾아오게 만들기 위해서다. '코지'의 스케일에 잘 어울리는 설정이다. 직업에야 귀천도 성별도 없겠지만, 대부분이 '코지'의 주요 독자층인 여성들에게 익숙한 직업이기도 하다. 시리즈로 발전할 수 있도록 안배한, 고민이 깃든 상업적인 고려인 것이다.

쓸데없는 이야기일지 모르겠지만, '코지'는 어디까지나 미스터리 장르의 본질을 존중하며 그 메인 플롯은 고전적인 미스터리 구조와 일치한다. 다른 서브 장르에 비해 더 많은 서브 플롯의 변주가 가능하지만(예를 들어 로맨스 요소를 섞는), 대부분 메인 플롯 자체가 튼튼하다. 오랜 생명력을 지닌 좋은 '코지'들은 또한 훌륭한 미스터리 소설이기도 하다.

추천 : 아프리카 최초의 여성 사설탐정

『넘버원 여탐정 에이전시(1998)』, 알렉산더 매컬 스미스

아프리카 짐바브웨 출신으로, 스코틀랜드 에든버러 대학교에서 법학 교수를 역임한 작가 알렉산더 매컬 스미스의 대표작. 아버지의 유산인 가축을 팔아 탐정 사무소를 연 보츠와나 최초의 여성 사설탐정 음마 라모츠웨가 마주하는 사건들을 담았다. 이 시리즈는 영어권에서 22권이 출간됐는데 국내에는 7권만 소개됐고, 그마저도 드문드문 절판 상태다. 그럼에도 소개하는 이유는 중고 서적을 구해서라도 읽을 만한 가치가 있기 때문이다. 느긋하고 진솔한 코지 미스터리로 2008년 HBO와 BBC가 함께 드라마로 제작했다.

2-5 범죄에 리얼리티를
: 경찰소설

거의 모든 미스터리 소설에 경찰은 빠짐없이 등장한다. 사회적 범죄를 기반으로 한 미스터리 장르에서 경찰은 자연스레 필수 조건일 수밖에 없다. 현실에서 사건이 발생하면 누굴 불러야 직접적인 도움이 되겠는가. 소설에서 사건이 발생하고 경찰이 등장한다면, 그 작품은 범죄에 지극히 현실적으로 접근한다는 의미를 지닌다. 그만큼 경찰이란 직업은 미스터리 장르의 리얼리티에 꾸준히 영향을 끼쳐왔다.

그렇다면 미스터리 소설을 모두 경찰소설이라고 불러도 큰 문제는 없지 않을까? 실제로 프랑스에서는 미스터리 장르를 '로망 폴리시에(roman policier)'라고 부른다. 에밀 가보리오와 가스통 르루, 조르주 심농, 프레드 바르가스의 '롱폴'에 이르기까지, 프랑스 미스터리는 경찰소설의 강력한 전통 아래 존재해왔다. 하지만 서브 장르 중 하나인 경찰소설은 단

PART 2 서브 장르

순히 경찰이라는 직업이 등장하는 소설만을 뜻하지 않는다.

경찰이 직접 탐정 역할을 담당하는 경우를 제외하면, 초기 고전 미스터리 속 경찰은 단순히 공무를 집행하거나 탐정의 추리를 방해하는 훼방꾼으로 그려졌다. 제2차대전 이후가 돼서야 경찰의 수사 절차나 그 기법을 중심으로 한 소설들이 인기를 얻기 시작했으며, 비평가 앤서니 바우처는 1956년 「뉴욕 타임스」 북 리뷰에서 경찰 수사를 뜻하는 'Police Procedural'이라는 용어를 제안하며 일종의 구분선을 만들었다.

초창기 미스터리 작품들에서 경찰은 나름대로 서사의 중심이었다. 대표적인 작품이 빅토리아 시대 선정소설(sensation novel)의 전통을 잇는 윌키 콜린스의 『월장석(1868)』이다. 엄격한 미스터리로 분류할 순 없지만, 『월장석』에는 다이아몬드 도난 사건을 추적하는 경찰이 등장한다. 경험과 지혜가 풍부한, 게다가 장미를 기르는 취미를 가진 런던 경시청의 커프 경감이다. 에밀 가보리오의 『르루주 사건(1866)』, 『오르시발의 범죄(1867)』, 『르콕 탐정(1868)』에 등장하는 르콕 역시 경관이다. 셜록 홈즈는 『주홍색 연구(1887)』에서 자신이라면 하루 안에 끝낼 일을 르콕은 여섯 달이나 걸렸다며 조롱하지만, 천재적인 아마추어 탐정과 발로 뛰는 끈기 있는 경찰은 어디까지나 다른 범주에서 봐야 한다.

황금기에 접어들면서 경찰들은 한동안 그저 아마추어 탐정을 빛나게 하는 역할에 머물렀다. (물론 F. W. 크로포츠의 프렌치 경감 같은 몇몇 예외도 있다.) 그러던 중 변호사 출신 작가 로렌스 트리트의 『V as in Victim(1945)』이 발표되면서 리얼리티에 충실한 경찰 수사가 반영된 소설들이 주목받기 시작했다. MWA의 창립 멤버이기도 한 로렌스 트리트의 작품은 국내에 소개되지 않았지만, 그가 편집자로 참여한 에드거상 수상작 『미스터리를 쓰는 방법』은 2013년 국내 출간됐다. 비슷한 시기에 발표된 주목할 만한 작품으로는 프랭크 포드 반장이 끈질긴 탐문 수사를 펼치는 힐러리 워의 『Last Seen Wearing(1952)』이 있는데, 이 작품은 영국 경찰소설의 효시로 알려져 있다. 비평가들에 의해 첫 번째 경찰소설로 인정받는 이 작품들은 아직까지 국내에 소개되지는 않았다.

1950년대 중반 미국의 에드 맥베인과 영국의 J. J. 매릭(존 크리시의 필명 중 하나)에 이르면, 경찰소설은 장르 전체를 지배하는 형식으로 발전한다. J. J. 매릭의 '기디언 시리즈'와 에드 맥베인의 '87분서 시리즈'는 20년 넘게 이어지며 수많은 경찰소설에 영향을 끼쳤다. ('87분서 시리즈' 마지막 작품인 『Fiddlers』는 2005년에 출간됐다. 50년 가까이 이어진 시리즈로, 아마 이 기록을 넘어설 시리즈는 쉽게 나오지 않을 것이다.)

미스터리 장르는 '사회적 범죄'를 근간으로 삼고 있고, '경찰 조직'은 전 세계 어디든 존재하기 때문에 이 둘의 조합은 전 세계 미스터리 장르의 흐름에 막대한 영향을 끼쳤다. 기본적으로 경찰소설은 다른 서브 장르에 비해 엄격한 리얼리티가 요구되면서도 이야기 구조는 스릴러와 일치하기 때문에, 드라마, 영화 등의 영상매체와 쉽게 결합했다. 당연히 소비자층 또한 그만큼 더 넓어졌다. 결과적으로 경찰소설이 등장하면서 탐정소설은 범죄소설로 더 완벽하게 변화할 수 있었다.

현재 미스터리 장르에서 경찰소설이 차지하는 영역은 매우 광대하다. 하드보일드의 전통을 계승한 작품을 비롯해 범죄소설, 그리고 당연히 스릴러까지 모두 한데 묶을 수 있다.

전설의 미스터리 편집자이자 뉴욕 '미스터리어스 북숍'의 주인인 오토 펜즐러는 현대 경찰소설을 세 가지 유형으로 분류한 바 있다. 각각의 유형은 서로의 특징을 포함하는 예외가 많기 때문에 깨끗하게 나뉘지는 않지만 현대 경찰소설의 영역을 한눈에 보여준다. 첫째, 경찰이 아마추어 탐정이나 사설탐정처럼 행동하는 작품들이다. 이들 작품 속에서 경찰은 조직을 벗어나 대부분 혼자 사건을 수사한다. 이런 유형은 전통적인 하드보일드에 가깝다. 둘째는 제복 경찰과 형사, 검시관, 법의학자, 심리학자 등 경찰 조직 전체가 협력해 살인범에 맞서는 작품들이다. 리얼리티가 가장 잘 반영된 경찰소설이라고 할 수 있다. 마지막으로 사건에 휘말린 경찰의 삶에 집중한 문학적인 작품들이 있다. 이런 유형의 작품에 등장하는 경찰들은 조직의 절차를 준수하지 않는 편이며, 작품은 사건보다 조직 속 경찰들의 형편에 더 집중한다. 이는 범죄소설과 겹쳐진 경찰소설의 모습이다.

주목할 만한 경찰소설 작가를 꼽는 건 매우 어려운 일이다. 작품 질의 문제가 아니라 현재 출간되는 거의 모든 미스터리 작품을 대상으로 해야 하기 때문이다. 간단하게 소개하자면 영국 지역에서는 나이오 마시를 비롯해 앞서 소개한 J. J. 매릭, P. D. 제임스, 루스 렌들, 콜린 덱스터, 레지널드 힐, 이언 랜킨 등을 꼽을 수 있다. 프랑스에는 조르주 심농이라는 장르를 초월한 거대한 산이 있다. 미국의 경우 제임스 엘로이, 제임스 패터슨, 넬슨 드밀, 링컨 차일드, 퍼트리샤 콘

웰, 토니 힐러맨, 제프리 디버, 마이클 코넬리 등 우리에게 익숙한 작가들이 대부분 경찰소설의 영역에 포함된다. 북유럽 지역은 마이 슈발과 페르 발뢰에서 시작해 헤닝 만켈과 요네스뵈로 전통이 이어진다. 조직 문화를 파고드는 일에 능숙한 일본은 경찰소설이 매우 발달한 나라로, 요코야마 히데오, 사사키 조, 곤노 빈 등이 경찰소설의 장인들이다.

추천 : 경찰소설의 리트머스 종이

'87분서 시리즈', 에드 맥베인

경찰소설이 취향에 맞는지 알아보려면 87분서 시리즈 중 아무 작품이나 뽑아 읽어보면 된다. 『경찰 혐오자(1956)』로 시작해 『Fiddlers(2005)』로 마무리된 '87분서 시리즈'는 장르 역사상 최고의 경찰소설로 평가받고 있다. 뉴욕시를 오른쪽으로 90도 돌려서 만들었다는 가상의 도시 아이솔라. 87분서가 담당하는 지역은 그중에서도 빈부 격차가 극심하고 강력범죄가 끊이지 않는 곳이다. 87분서 팀원들은 흉악한 범죄와 맞서며 입체적인 캐릭터로 성장하는데, 각각의 개성이 맞물려 짜릿한 재미를 만들어낸다. 현대 범죄소설 작가 중에서 대사를 가장 잘 활용한다는 에드 맥베인의 천재성을 확인할 수 있는 시리즈이기도 하다.

2-6 장르의 지배자 : 스릴러

　현재 전 세계 각지에서 출간되는 미스터리 소설 대부분은 스릴러에 포함된다. 스릴러는 이미 '미스터리'라는 장르 명칭을 충분히 대치할 정도로 널리 알려져 있다. 게다가 딱히 소설만을 위한 용어도 아니다. 영화, TV 드라마, 만화, 연극, 뮤지컬 등 대중매체 전반에 널리 쓰이는 용어이기도 하다. 스릴러가 무언지 느낌은 확 다가오지만, 쉽게 정의할 수 없는 이유는 이처럼 차지하는 영역이 지나칠 정도로 넓고 가리키는 의미 또한 여러 장르와 겹치기 때문이다.

　스릴러는 또한 끊임없이 영역을 확장하는 장르이기도 하다. 법정 스릴러, 스파이 스릴러, 로맨스 스릴러, 액션 스릴러, 의학 스릴러, 경찰 스릴러, 역사 스릴러, 정치 스릴러, 종교 스릴러 등 스릴러는 어떤 수식어도 자연스럽게 만드는 마법의 힘을 가졌다. 전 세계 최고 베스트셀러 작가 중 한 명인 제임스 패터슨은 ITW(국제스릴러작가협회) 회원들과 함께 엮은 단편집『스릴러 1, 2(2006)』의 서문에서 이 마법의 힘을 '스릴러의 영속적인 특성'이라고 표현했다.

장르와 매체를 가리지 않는 스릴러의 놀라운 친화력은 스릴러가 하나의 장르가 아니라 일종의 플롯 구조이기 때문이다. 이 플롯은 소비자에게 어떤 감정을 부여하는 데 최적화돼 있으며, 기법 또한 그 목적에 충실하다. 스릴러의 배경과 등장인물, 플롯이 목표로 하는 감정은 대충 이런 것들이다. 서스펜스(긴장감 또는 조바심), 흥분, 놀라움, 희망, 불안, 좌절 등등.

스릴러의 플롯과 주인공은 고전 미스터리의 그것들과 종종 비교된다. 장르적으로 둘은 같은 지점에 있다가 때때로 정반대 입장에 서기도 하는데, 황금기 같은 특별한 시기를 제외하면 두 서브 장르는 특징과 기법들을 주고받으며 발전했다.

고전 미스터리와 스릴러의 가장 큰 차이점은 사건이 일어난 시점이다. 고전 미스터리에서 사건은 과거에 이미 발생돼 있다. 주인공은 이성을 이용해 흐트러진 질서를 되돌리기 위해 노력하는 존재이다. 반면 스릴러의 사건은 과거뿐 아니라 이야기가 진행될 때마다 끊임없이 일어난다. 주인공은 사건에 휘말리는 영웅이며, 위기를 극복해나가면서 독자들에게 흥미진진한 감정을 선사한다.

그렇다면 스릴러는 어떻게 감정을 고조시킬까? 이를 설명하기 위해 스릴러의 거장 앨프리드 히치콕의 '폭탄 이론(The Bomb Theory)'만큼 좋은 예는 없다. 프랑수아 트뤼포와의 대담에서 히치콕은 '놀라움(Surprise)'과 '긴장감(Suspense)'을 다음과 같이 설명했다.

"우리 사이에 놓인 이 탁자 밑에 폭탄이 있다고 가정해보자. 아무 일도 일어나지 않다가 갑자기 폭탄이 터진다. 쾅! 관객은 놀라지만, 놀라움 이전에는 특별함이 없는 평범한 장면을 보게 된다. 이제 긴장감 넘치는 상황을 생각해보자. 폭탄은 탁자 밑에 있고 관객은 그 사실을 알고 있다. 이전에 무정부주의자들이 폭탄을 그곳에 설치해둔 걸 봤기 때문이다. 관객은 폭탄이 1시에 터진다는 사실을 알고 있으며, 탁자 근처의 장식에는 시계가 설치돼 있다. 관객은 이제 폭발까지 15분 남았다는 것을 확인할 수 있다. 이런 상황에서는 관객이 함께 참여하기 때문에 무의미한 대화도 흥미롭게 변화한다. 관객은 화면 속 등장인물들에게 경고하고 싶을 것이다. "그런 사소한 이야기를 할 때가 아니야. 네 발 밑에서 곧 폭탄이 터질

거라고!"

첫 번째 사례에서 관객에게 폭발 순간 15초간의 놀라움을 제공했다면, 두 번째 사례에서는 관객에게 15분의 서스펜스를 제공했다. 반전의 놀라움, 즉 예측하지 못한 결말이 이야기의 하이라이트일 때를 제외하고 결론은 가능한 한 관객에게 알려야 한다."

스릴러의 기원은 제법 오래전까지 거슬러 올라간다. 긴장과 흥분을 주는 플롯 구조라면 『길가메시 서사시』나 호머의 『오디세이』, 인도의 『마하바라타』 같은 고대 서사시에서도 그 흔적을 찾을 수 있다. 『아라비안 나이트』에서 셰에라자드가 목숨을 걸고 지어낸 몇몇 이야기들, 알렉상드르 뒤마의 『몬테크리스토 백작(1844)』과 같은 복수극도 전형적인 스릴러 구조이니, 이들이 스릴러의 기원이라고 해도 틀린 말은 아니다.

고전 미스터리 스타일이 장르의 주된 흐름이었던 1900년대 초반에도 스릴러는 스파이 소설과 함께하며 발전했다. 연구자들은 현대적인 의미를 지닌 스릴러 작품의 선조격으로 앞서 소개했던 어스킨 칠더스의 『모래톱의 수수께끼』나 존 버컨의 『39계단』을 꼽는다.

제2차대전 이후에는 완성된 형태의 경찰소설이 등장했고, 장르에 리얼리티가 더해졌다. 냉전이 계속되면서 국가적 음모나 테러 같은 규모가 큰 이야기들도 충분히 가능해졌다. 여기에 대중매체를 통한 독자 확장이 자연스럽게 진행되면서, 스릴러는 단순한 서브 장르가 아닌 범죄소설의 중심으로 자리 잡게 된다. 스토커나 암살자, 무차별 살인마나 소시오패스, 테러리스트나 정치적 음모 같은 소재는 미스터리 장르의 단골이 됐고, 갑작스런 위기가 닥쳐도 용기 있게 이를 극복하는 강인한 주인공들은 끊임없이 등장하며 시리즈 안에서 성장했다.

앞서 '미스터리 장르의 간략한 역사'에서 언급했듯 1970년대 이후 스릴러에는 몇 가지 분기가 있다. 이전까지 스릴러 장르가 경찰소설, 하드보일드, 액션소설, 범죄소설, 호러소설 등이 한데 뭉쳐진 모습이었다면, 1970년대에 들어서면 '베스트셀러—영상화'라는 또렷한 공식이 만들어진다. 1970년대 이후 대표적인 스릴러 작품들은 1990년대부터 우리나라에 본격적으로 소개되며 해외 대중소설 붐을 이끌어내기도 했다.

스릴러의 역사에 분기를 새긴 다음 작가들은 전 세계에

서 억 단위 판매 부수를 기록한 작가들이다. 『코마(1977)』로 잘 알려진 로빈 쿡은 의사 출신으로 의학 스릴러의 창시자로 알려져 있다. 그는 전 세계에서 4억 부를 팔았다. 시스템과 맞서는 고독한 영웅담을 주로 다룬 로버트 러들럼은 현대 스릴러를 말할 때 빼놓을 수 없는 작가다. 『마타레즈 서클(1979)』, 영화로 더 잘 알려진 『본 아이덴티티(1980)』는 음모론을 다룬 스릴러의 정석으로 꼽힌다. 평범한 보험판매원이었던 톰 클랜시는 『붉은 10월호(1984)』로 하루아침에 베스트셀러 작가가 됐다. 이후 테크노 스릴러는 스릴러 장르의 주된 경향이 됐다. 변호사이자 정치가인 존 그리샴은 1989년 출간한 법정 스릴러 『타임 투 킬』 이후 발표한 거의 모든 작품을 베스트셀러 1위에 올렸다. 『쥐라기 공원(1990)』으로 잘 알려진 마이클 크라이튼은 SF스릴러의 최고 흥행사이며, 댄 브라운은 음모 이론을 종교와 접목시킨 『다 빈치 코드(2003)』 단 한 권으로 8천만 부를 팔았다.

길리언 플린의 『나를 찾아줘(2012)』이후로 현재 스릴러 시장은 '도메스틱 스릴러'라고 불리는 심리 스릴러가 주류로 자리하고 있다. 이전 작품들에 비해 사건의 규모는 줄었지만 주인공을 위협하는 요소는 더 가깝게 존재하며, 그만큼 더 치명적이다.

추천 : 스릴러의 모범

『양들의 침묵(1988)**』, 토머스 해리스**

『양들의 침묵』은 총 네 권으로 구성된 한니발 렉터 시리즈 중 발매 순으로는 두 번째, 내용상으로는 세 번째에 해당된다. 이 작품은 조너선 드미의 탁월한 시각적 이미지로 더 많이 알려져 있지만, 원작 역시 걸작의 품격을 보여주는 작품이다. 경찰 출입 기자이자 AP 통신 사회부에서 일했던 토머스 해리스는 저널리스트의 힘을 온전히 녹여 넣어 기념비적인 사이코 스릴러를 탄생시켰다. 조사를 통한 리얼리티, 독보적인 캐릭터 구성, 교차 서술을 통한 서스펜스, 미국 지역 사회와 범죄에 대한 통찰 등 수많은 장점이 빛나는 이 작품은 그저 구속 마스크가 채워진 한니발 렉터의 기괴한 이미지만으로 기억되기에는 아깝다.

2-7 북유럽에서 불어온 새로운 바람 : 노르딕 누아르

노르딕(nordic)은 '북유럽 국가의'란 의미의 형용사로, '노르딕 누아르'는 북유럽 지역의 범죄소설을 뜻한다. 이들 작품은 '스칸디나비아 누아르'라고도 불리는데 이 역시 스칸디나비아 반도라는 지리적 위치에서 유래한 말이다. 미스터리 장르가 범죄소설로 성격이 변화된 이래 특정 지역 작품들이 하나의 유행을 만들어낸 사례는 거의 없었다. 영어권 스릴러 시장 입장에서 보면 노르딕 누아르는 갑작스레 등장했으며 전 세계로 빠르게 퍼져 나갔고, 그 인기 또한 30년 넘게 지속 중이다.

덴마크, 스웨덴, 노르웨이, 핀란드, 아이슬란드. 북유럽 지역의 다섯 나라는 스웨덴을 제외하고 인구가 5백만을 넘지 않는다. 게다가 모두 각자의 언어를 쓰는 나라의 작품들이 어떻게 새로운 경향으로 자리 잡게 됐을까?

노르딕 누아르가 영어로 번역돼 전 세계 스릴러 시장에 스며들기 시작한 건 대체로 1990년대로 알려져 있다. 대표적인 작가는 물론 스웨덴 출신의 헨닝 망켈이지만, 노르딕 누아르는 헨닝 망켈이 "내게 가장 큰 영향을 끼친 시리즈"라고 말했던 '마르틴 베크 시리즈'부터 시작해야 함이 옳다.

스웨덴의 마이 셰발과 페르 발뢰는 부부 사이로 둘 다 기자 출신이었다. 그들은 에드 맥베인의 '87분서 시리즈'의 영향을 받아 마르틴 베크와 동료 형사들을 주인공으로 하는 10권짜리 경찰소설을 기획했다. 각 권은 모두 30챕터로 동일하게 구성했고, 부부는 챕터를 번갈아가면서 집필했다. 1권 『로재나(1956)』에서 10권 『테러리스트(1975)』까지, '마르틴 베크 시리즈'는 20년 가까이 지속됐다. 셰발과 발뢰가 트릭에 집중했던 이전 스웨덴 미스터리와 달리 경찰소설의 형식을 택한 이유는 현재 사회를 인식하고 그 문제점을 드러내고 싶었기 때문이다. 그림엽서에서나 볼 수 있는 아름다운 풍경 이면에 심각한 모순과 범죄가 자리한다는 아이러니는 이렇게 서서히 독자들을 사로잡기 시작했다.

헨닝 망켈의 대표작 '발란데르 시리즈'는 1991년부터 2009년까지(마지막 해에 나온 한 권을 제외하면) 매년 한 권씩 발간돼 총 10권으로 마무리됐다. 이 시리즈는 45개국에 소개됐고 누적 판매량이 3천만 부를 돌파할 정도로 큰 인기를 얻었다. 인권 운동, 연극 연출, 순수 소설, 청소년 문학으로도 이름 높은 헨닝 망켈은 '발란데르 시리즈'가 자신의 전부인 양 알려지는 것은 원치 않았다고 하지만 그 덕분에 이름을 널리 알릴 수 있었고, 노르딕 누아르 또한 보다 선명한 형태를 띠게 됐다.

'발란데르 시리즈'는 스웨덴의 작은 도시 위스타드를 배경으로 펼쳐지는 경찰소설이다. 아프리카에 머물던 헨닝 망켈은 금융 위기로 급격한 경제 혼란을 맞았던 1990년대에 스웨덴으로 돌아와 발란데르 시리즈를 집필했다. 그는 셰발과 발뢰 부부처럼 범죄소설이 사회를 관찰하고 비추는 도구라고 생각했고, 그렇기에 시리즈 내내 복지국가라는 화려함에 감춰진 어두운 이면이 시리즈의 주된 소재로 등장한다. 작품을 이끌어가는 발란데르는 현실적인 캐릭터이다. 결혼에 실패했고, 딸 하나가 있고, 가족과의 관계는 여전히 껄끄럽다. 총기 사고 후유증으로 우울증에 시달렸으며, 당뇨병에 걸려 인슐린 주사가 필요하다. 최신 수사 기법은 따라잡을 수 없고, 특별한 능력이라고 해봐야 오랜 경찰 생활로 잘 단련된 직감뿐이다. 발란데르는 사건 주위를 끈질기게 맴돌고 스스로에게 계속해서 질문을 던지며 사건의 실체로 향한다. 시리즈가 진행됨에 따라 눈에 띄게 늙어가는 발란데르는 전혀 특별하지 않기에 독자들에게 더욱 인상적으로 다가서는 주인공이다.

스웨덴의 저널리스트 스티그 라르손의 '밀레니엄 시리즈'는 노르딕 누아르의 인기에 직접적인 방아쇠가 된 작품이다. 스티그 라르손은 반파시즘, 반인종주의를 표방한 과격한 진보지 「엑스포」의 편집장이었고, 살아생전 끊임없이 반대 세력의 협박에 시달렸다. 그는 노후 보장 삼아 써놓은 3천 페이지 분량의 원고를 출판사에 건넨 며칠 뒤 심장마비로 쓰러져 「엑스포」를 만들었던 책상에서 사망했다. 스티그 라르손의 죽음 이후 6개월 만에 출간된 '밀레니엄 시리즈'는 2005년부터 북유럽, 유럽, 미국, 아시아 시장을 차례차례 점령했고 전 세계적으로 1억 부 이상 팔렸다. 총 10부작으로 기획된 작품은 작가의 갑작스러운 죽음으로 3부까지만 출간됐으며, 그의 유지를 이어받은 다비드 라게르크란츠가 후속 시리즈를 출간해 총 6부작으로 완간됐다.

이상적으로 여겨지는 스웨덴의 복지제도는 스웨덴 사회민주당이 창립된 1899년부터 끊임없이 지속돼온 투쟁의 결과물이다. 스티그 라르손이 평생 몸을 숨기며 싸워왔던 스웨덴 극우파, 그리고 작품 속 리스베트 살란데르와 미카엘 블룸크비스트가 파헤치는 사회의 도덕적 타락은 그 거친 흔적과 어두운 이면의 그늘을 대변한다고 할 수 있다.

북유럽 국가들은 아름다운 자연과 요람에서 무덤까지 제공되는 뛰어난 복지 시스템으로 막연히 알려져 있다. 노르딕 누아르는 부유하고 권력 있는 내부자와 위험에 노출된 취약한 외부자가 연결되는 그 접점을 집요하게 탐구한다. 기존의 스릴러와는 다른, 범죄를 통해 사회의 단면을 드러내는 새로운 화법, 특유의 어둡고 우울한 정서, 사실적이고 단순한 문체는 기존의 범죄소설 시장에 신선한 반향을 이끌어냈다. 여기에 유럽 대륙과 가깝다는 지리적 이점까지 더해지면서, 북유럽 범죄소설은 영어권 시장으로 흘러들어 와 하나의 새로운 '경향'으로 자리 잡게 됐다.

'밀레니엄 시리즈'의 성공 이후 수많은 북유럽 작가들이 재조명됐고 새로운 작가들이 뒤를 이었다. 아이슬란드의 아르드날뒤르 인드리다손과 이르사 시귀르다르도티르, 노르웨이의 카린 포슘과 요 네스뵈, 유시 아들레르올센, 스웨덴의 카밀라 레크베리, 리사 마르클룬드 등은 노르딕 누아르라는 이름으로 우리나라를 비롯해 전 세계에 이름을 알렸다.

추천 : 미스터리의 소재는 단순히 범죄에 국한되지 않는다

『무덤의 침묵(2001)』, 아르드날뒤르 인드리다손

아르드날뒤르 인드리다손은 아이슬란드 작가다. 국토의 79퍼센트가 빙하 지역이며 인구는 34만 명에 불과한 작은 섬. 아무 일도 일어나지 않는 곳이기에 범죄소설 자체가 불가능하다고 생각되기도 하지만, 작가는 영국 「가디언」지와의 인터뷰에서 이런 말을 남겼다. "사람들은 미스터리의 소재가 단순히 범죄에 국한되지 않는다는 걸 모른다." 『무덤의 침묵』은 스칸디나비아 반도의 최고 범죄소설에 수여하는 유리열쇠상을 수상했으며, 동시에 CWA(영국추리작가협회)의 골든 대거 수상작이기도 하다. 아이가 우연히 찾아서 입에 물고 놀던 유골에서 시작된 사건은 과거, 그리고 형사 에를렌뒤르의 고통스런 가정사와 연결되며 독자에게 끊임없이 지속되는 어두운 폭력을 상기시킨다.

2-8 어쩌면 가장 폭넓은 서브 장르 : 역사 미스터리

고전 미스터리를 숭배하는 작가들은 '현대'를 배경으로 어떻게 살아남을까? 곳곳에 CCTV와 블랙박스가 있고, 모두가 스마트폰을 들고 있으며, 수사는 철저히 경찰의 몫인 복잡한 현대 사회에 탐정을 데려와 독자와의 게임을 펼치는 건 실로 만만한 일이 아니다. 그래서 자주 쓰이는 기법이 있다면 애거사 크리스티처럼 고립된 공간에 목격자, 피해자, 범인을 한데 몰아넣는 것이다. 흔히 '클로즈드 서클'이라 불리는 설정이다. 과학기술이 탐정의 능력을 훼손하지 않는 시대로 배경을 돌리는 방법도 있다. 이것이 바로 영국에서 정의하는 역사 미스터리다. 역사 미스터리는 'historical mystery' 또는 'historical whodunit'이라고 불린다. 작가의 관점에서 역사적 시기를 배경으로 하며, 대개 살인사건과 그 해결이 포함돼 있다.

여기까지 보면 역사 미스터리는 매우 명쾌하지만, 꼬치꼬치 따지고 들면 또 가장 애매한 서브 장르이기도 하다. 빅토리아 시대를 배경으로 하지만 빅토리아 시대 이후에 쓰인 몇몇 '셜록 홈즈 시리즈'는 굳이 역사 미스터리로 분류하지 않는다. 또 조지핀 테이의 『시간의 딸(1951)』처럼 배경은 현재이지만 사건은 과거의 것인 작품들도 상당히 많은데, 이런 작품들은 또 무난하게 역사 미스터리 안에 포함된다. 이런 모호함은 비평적, 상업적 성공을 거둔 작품이 어떤 기점을 만들었기 때문이다. 장르소설은 작가와 독자가 공유하는 규칙이며, 그 테두리를 확장하는 사례가 나오면 곧 새로운 규칙이 덧붙는다. 기점 이전 작품에 규칙을 적용하면 다소 맞지 않는 작품들이 있기 마련이다.

역사 미스터리에서 가장 뚜렷한 족적을 남긴 작품은 엘리스 피터스의 '캐드펠 시리즈'다. 12세기 영국 소도시 시루즈베리, 베네딕트 수도원을 배경으로 캐드펠 수사가 맞닥뜨리는 사건을 담은 이 시리즈는 1977년 『성녀의 유골』로 시작해 1994년 『캐드펠 수사의 참회』까지 18년 동안 이어졌다. 작가 엘리스 피터스는 64세라는 늦은 나이에 시리즈를 시작했는데, 20권을 발표한 직후인 1995년에 82세로 생을 마감했다. 이 시리즈는 다행히 헌정 단편집까지 국내에 모두 출간돼 있다.

'캐드펠 시리즈'의 첫 권 출간 연도인 1977년을 기점으로 그 이전에 출간된 중요한 역사 미스터리를 소개하자면, 먼저 미국 작가 멜빌 데이비스 포스트의 '엉클 애브너 시리즈'를 꼽을 수 있다. 미국 개척기를 배경으로 한 이 시리즈는 몇몇 비평가들이 최초의 역사 미스터리로 평가하는 작품이다. 아직 완전한 사법 체계가 갖춰지지 않은 토머스 제퍼슨 시대를 배경으로, 애브너 삼촌은 인간에 대한 통찰력으로 사건을 해결하고 성경으로 범죄를 치유한다.

1945년에 발표된 애거사 크리스티의 서른다섯 번째 작품『마지막으로 죽음이 오다』는 기원전 2000년경 이집트를 배경으로 하는 작품이다. 현재와 다른 달력을 사용하며 저주가 자연스레 받아들여지는 시대에서도 크리스티의 솜씨는 여전히 빛을 발하는데, 이 작품에서는 가족 구성원 간의 강렬한 살인 동기가 탄탄한 서스펜스를 구축하고 있다.

인상적인 역사 미스터리라면 로베르트 반 흘릭의 '디 공시리즈'도 있다. 네덜란드 출신으로 일본, 인도, 말레이시아 등에서 근무한 외교관이었던 작가는 동양 문화에 심취해 중국 고전 공판담을 영문으로 번역해 소개하는 한편, 1949년부터 당나라 재상 디런지에를 주인공으로 하는 17권의 소설을 발표했다. (더런지에는 영화 〈적인걸 시리즈〉의 주인공이기도 하다.) 이 독특한 시리즈는 국내에 시리즈 순서와 관계없이 네 권이 출간돼 있다.

1980년에는 단일 작품으로 최고의 상업적 성공을 거둔 위대한 역사 미스터리가 등장한다. 이탈리아의 기호학자이자 역사학자인 움베르토 에코는 '수사가 독살당하는 이야기'가 끌려서 소설을 쓰기 시작했는데, 바로 『장미의 이름』이다. 1327년이라는 시대적 배경과 주제의식이 필연적으로 연결돼 있으며 중세 철학, 중세 신학, 중세 문학을 자유자재로 넘나드는 이 작품은 시대를 대표하는 하나의 고전이 됐다. 『장미의 이름』은 장 자크 아노의 동명 영화로도 잘 알려져 있으며, 전 세계에 5천만 부 이상 판매되며 미스터리 장르에 하나의 흐름을 만들어냈다.

1세기 고대 로마의 유쾌한 탐정 마르쿠스 디디우스 팔코가 등장하는 린지 데이비스의 '팔코 시리즈'도 빼놓을 수 없는 작품이다. 번영하는 로마 제국의 상류층과 평민 탐정이라는 대조 구도를 통해 흥미진진한 활극을 만들어낸 이 시리즈는 1989년부터 2010년까지 총 20권이 출간될 만큼 전 세계적으로 인기가 높았다. (국내 출간 당시 '대영 도서관 대출 순위 1위'라는 띠지가 붙어 있었다.) 국내에는 시리즈 앞부분인

3권까지만 출간됐으며, 안타깝게도 모두 절판됐다.

스티븐 세일러의 '로마 서브 로사 시리즈'도 걸작 역사 미스터리로 손꼽힌다. 기원전 1세기 로마 공화정 말기를 배경으로 역사와 허구를 절묘하게 조화시킨 이 작품에는 정의로운 탐정 '더듬이' 고르디아누스가 등장한다. 이 시리즈는 첫 작품『로마인의 피(1991)』이래 18년 동안 계속됐으며, 총 10권으로 완결됐다. 국내에는 시리즈 초반인 4권까지 출간됐는데, 지금은 모두 절판 상태다.

그 외에도 기억해둘 만한 작가라면 역사적 사실과 스릴러를 탁월하게 조합하는 거장 로버트 해리스, 히틀러 정권 초기 경찰 출신 탐정 베른하르트 귄터의 활약상이 펼쳐지는 '베를린 누아르 시리즈'의 필립 커, 스탈린 체제 소련을 배경으로 한 스릴러『차일드 44(2008)』로 일약 전 세계적인 작가로 떠오른 톰 롭 스미스 등이 있다.

역사 미스터리는 1990년대 후반부터 그 영역을 점점 확장했고 2010년대에 들어서 영어권 시장의 확실한 주류 서브 장르로 자리 잡았지만, 전 세계가 모두 비슷한 흐름을 보이는 건 아니다. 아무리 객관적인 역사라 해도 독자들이 즐거움을 느끼는 부분은 나라마다 다를 수 있기 때문이다.

우리나라는 이인화의『영원한 제국(1993)』의 대성공 이후

'역사 추리소설'에 대한 관심이 부쩍 높아졌다. 여기에 『다 빈치 코드(2003)』라는 초대형 폭탄이 떨어지자, 아예 '팩션 (fact+fiction)'이라는 용어까지 덧붙어 한동안 대중소설의 중심이 됐다. 역사적 사실을 기발한 상상력으로 재조명한 이정명, 김진명, 김탁환 같은 작가의 작품은 영화와 드라마로 확장돼 많은 독자들의 사랑을 받았다.

추천 : 기록된 사실은 모두 진실인가?

『시간의 딸(1951)』, 조지핀 테이

다리를 다쳐 입원 중인 그랜트 경위는 병실에서 우연히 한 남자의 초상화를 보게 된다. 초상화 속 남자는 400년 전, 조카를 악랄하게 살해하고 왕위에 오른 리처드 3세였다. 그랜트는 리처드 3세에게 호기심을 느낀다. 언뜻 보기 엔 고결해 보이는 이 남자는 어쩌다가 이렇게 잔인한 범죄를 저지른 걸까? 그는 움직이지 못하는 동안 침대에 누워 이 사건을 파헤쳐보기로 마음먹는 다. 황금기 미스터리의 새로운 방향성을 가리킨 『시간의 딸』은 1990년 CWA 에서 선정한 올 타임 미스터리 베스트 100편 중 1위, 1995년 MWA에서 선정한 올 타임 미스터리 베스트 100선 중 4위에 선정됐다.

일본 미스터리의 뿌리
: 본격 미스터리

일본은 장르소설의 강국이다. 영어권 못지않게 역사가 깊고, 출판뿐 아니라 영상화 등 다양한 가능성이 있는 시장이 존재하며, 신인 작가를 발굴하는 시스템이 착실하게 갖춰져 있어 작가층도 두텁다. '일본제국'이라는 어두운 역사 때문이겠지만 일본 장르소설은 오랜 기간 동아시아에 영향을 미쳤고, 그 영향력은 아직도 지속되고 있다.

일본은 도쿠가와 막부(1600~1868) 후기부터 네덜란드를 통해서 서양 학문이 유입됐다. 이 난학(蘭学)은 의학서 번역에서부터 시작됐는데, 덕분에 자연스럽게 번역가가 존경받는 문화가 만들어졌다. 메이지 유신(1868~1889) 시기에는 서양 문명의 선진 제도가 적극적으로 유입됐고, 이는 이후 동시대 서양 장르소설들이 번안의 형태로 활발하게 소개되는 계기가 됐다.

집요한 취재로 이름을 떨친 언론인이자 번역가, 작가로 알려진 구로이와 루이코는 일본 장르소설 발달에 매우 중요한 역할을 했다. 그는 인기 있는 외국 소설을 쭉 읽고 자신의 문장으로 번안해 신문에 발표했는데, 그 작품들이 엄청난 인기를 모았다. 구로이와 루이코가 번안한 작품들에는 쥘 베른의 『달나라 탐험(1869)』, 에밀 가보리오의 『르루주 사건(1866)』, 안나 캐서린 그린의 『리븐워스 사건(1878)』, 허버트 조지 웰스의 『타임머신(1895)』 같은 장르소설의 조상 격 작품들이 포함돼 있었다. 이렇게 텃밭이 갖춰지자 다양한 이야기들이 자라났다. 전쟁 때문에 주춤하던 시절도 있었지만, 장르소설은 출판 산업의 발전과 함께 힘차게 성장하기 시작했다.

일본 초기 탐정소설은 괴기, 전기(傳奇), 호러, 환상, 과학 등 다양한 장르와 섞여 존재하다가 고가 사부로, 오시타 우다루, 에도가와 란포, 기기 다카타로 같은 선구자들의 노력을 통해 하나의 장르로서 기틀을 다질 수 있었다. 일본 초기 미스터리는 과학과 논리, 공정함을 중시하는 경향이 두드러졌는데, 비슷한 시기에 영어권에서 유행했던 고전 미스터리의 영향을 받았고 의사나 과학자 출신 작가들이 많았으니 어떻게 보면 당연한 결과라 할 수 있다.

'본격 미스터리' 또는 '본격 추리소설'이란 용어는 원래 일본 미스터리에 한정된 명칭이다. '본격'이란 수식어로 영어권 작가를 설명하는 경우도 흔하고(예를 들어 '본격 추리소설의 대가 존 딕슨 카' 같은 사례) 종종 미스터리 장르 전체를 가리키는 총칭으로도 사용되곤 하는데, 이는 우리나라 미스터리 장르가 한동안 일본 중역 작품의 영향 아래 있었기 때문이며 바람직한 사용법은 아니다.

본격 미스터리는 두 가지 방향에서 살펴볼 수 있다. 첫째는 서브 장르. 본격 미스터리 작품들은 한데 묶을 수 있는 공통된 구조가 있다. 둘째는 역사적 관점이다. 본격 미스터리는 일본 미스터리 역사의 한 시기에 유행한 작품들을 가리키는 말이기도 하다.

'본격'이란 명칭을 처음 사용한 사람은 고가 사부로였다. 당시 일본 미스터리는 공포, 전기 요소가 포함된 환상적인 작품과 논리가 강조되는 트릭 위주의 작품이 섞여 있는 상태였는데, 과학 미스터리의 옹호자였던 고가 사부로는 수수께끼 위주의 작품은 '본격', 그 외 작품은 '변격'으로 부르자고 제안했다. 또 오로지 본격만이 탐정소설이며 탐정소설에 문학성은 필요 없다는 과격한 주장도 덧붙였다. 여기에 기기 다카타로와 에도가와 란포가 반대 의견을 내고, 히라바야시 하쓰노스케가 건전파와 불건전파라는 이분법을 제안하는 등 활발한 논쟁이 이어졌다. 이 생산적인 과정을 통해 '본격'은 단순한 구분자에서 벗어나 하나의 스타일로 자리 잡을 수 있었다.

일본 본격 미스터리는 영어권의 고전 미스터리, 황금기 미스터리, 클래시컬 후더닛 등과 거의 같은 의미다. 불가능해 보이는 범죄가 발생하고 명탐정이 등장해 초인적인 능력으로 범인의 트릭을 간파한 후 사건을 해결한다. 두 서브 장르 간 차이점을 굳이 찾자면, 본격 미스터리 속 범죄는 영어권에 비해 더 선정적인 편이고 탐정의 능력과 개성이 더욱 과장된 작품들이 많다. 가장 큰 영향을 준 영어권 작가로는 어디까지나 독자와의 게임에 충실했던 S. S. 밴 다인, 엘러리 퀸, 존 딕슨 카를 꼽을 수 있다.

일본 본격 미스터리를 고전 미스터리와 같이 하나의 서브 장르로 생각하면, 일본은 이 분야 창작이 가장 왕성한 나라다. 전 세계 미스터리가 범죄소설로 변해버린 현재에도 '본격'의 전통을 계승한, 어쩌면 고리타분한 작품들이 아직도 시장의 파이를 유지하고 있다. 이런 현상은 전 세계 어디에서도 찾아보기 어렵다. 일본 미스터리 역사를 살펴보자면, 본격의 흐름은 1950년대 후반 이후에 단절됐다가 1980

년대에 이르러 '신본격'으로 다시 이어진다. 현재 활동 중인 본격 미스터리 작가들은 '신본격'에서 다루기로 하고, 우선 본격 미스터리에서 역사적으로 가장 중요한 두 작가를 소개해본다.

에도가와 란포의 본명은 히라이 다로다. 그는 에드거 앨런 포에 대한 존경의 의미를 담아 '에도가와 란포'라는 필명을 사용했다. 에도가와 란포의 초기 작풍은 어디까지나 단편 위주의 충실한 미스터리였다. 관음적인 시선, 가학적인 태도, 기괴한 미의식 등 특유의 탐미적인 성향이 약간씩 비집고 나오긴 했지만 여전히 서구 미스터리의 영향 아래 있었고, 스스로도 그런 스타일을 추구했다. 하지만 대중의 반응은 기대하던 것과 달랐다. 그들은 에도가와 란포가 공들인 본격 미스터리보다 환상적이고 기괴한 변격의 세계에 매료됐다. 자조감에 시달린 에도가와 란포는 『난쟁이(1926)』를 기점으로 세 차례 절필, 결국 40대 초반에 작가 생활을 완전히 마무리한다. 아이러니하게도 에도가와 란포의 절필은 일본 미스터리 대중화에 큰 도움이 됐다. 제2차 대전 이후 에도가와 란포는 적극적으로 미스터리 장르의 대중화에 앞장선다. 잡지 「보석」을 발간해 신인을 발굴하고, 현 일본추리작가협회의 전신인 일본탐정작가클럽의 창립을 주도했으며, 사재를 털어 에도가와 란포상을 제정하는 등 미스터리뿐 아니라 일본 문학사에 위대한 업적을 남겼다.

약사였지만 작가를 꿈꿨던 요코미조 세이시는 에도가와 란포를 만나 1926년 출판사에 입사해 편집자 일을 시작했다. 이후「신청년」등 미스터리 잡지 편집장을 역임하다가, 잡지가 폐간되고 전업작가의 길을 걷게 된다. 초창기 그의 소설은 탐미적 미스터리였는데, 제2차대전 중에 영어권 황금기 미스터리의 영향을 받아 보다 논리적인 본격 미스터리로 방향을 선회했다. 전쟁 이후 남은 인습과 현대적인 가치관의 충돌을 그린 '긴다이치 코스케 시리즈'는 존 딕슨 카의 작풍을 일본에 접목시킨 일본 고유의 본격 미스터리로 평가받고 있다. 이 시리즈는『혼진 살인사건(1948)』이후 30년 넘게 이어져 77편으로 마무리된다. 특히『옥문도(1947)』,『팔묘촌(1949)』,『이누가미 일족(1950)』은 본격의 흐름이 완전히 끊긴 1960년대 후반부터 코믹스, 영상 등으로 재탄생하며 엄청난 상업적 성과를 거두었고, 이후 신본격 흐름을 탄생시키는 데 중요한 기반이 됐다.

추천 : 본격과 변격

『음울한 짐승(1928)』, 에도가와 란포

잡지「신청년」에 발표된 중편. 건전하고 상식적인 탐정소설 작가 '나'는 어느 날 목덜미에 상처가 있는 매력적인 여인 시즈코를 만나게 되고, 곧 편지를 주고받는 절친한 사이가 된다. 시즈코는 오에 슌데이라는 어둡고 병적인 작품을 쓰는 탐정소설 작가에게 지독한 스토킹을 당하고 있었고, '나'에게 그 사실을 털어놓는다. '나'는 시즈코에 대한 연민과 작가로서 느낀 묘한 경쟁심 때문에 오에 슌데이를 찾아 나선다. 란포 특유의 기괴하고 환상적인 분위기는 에로틱한 조명 아래 음울하게 빛나며, 작품 끝까지 이어지는 수수께끼가 씁쓸한 뒷맛을 남기는 작품이다. '변격'과 '본격'이 아슬아슬하게 균형을 맞춘 『음울한 짐승』은 에도가와 란포의 생애에 있어 중요한 전환점이며, 일본 초기 미스터리에서 가장 중요한 성과로 여겨진다.

2-10 범죄를 통해 사회의 그늘을 드러내다 : 사회파 미스터리

국내 미스터리 시장에서 '사회파'만큼 꾸준한 용어도 없다. 일본식 조어가 분명하지만, 요즘은 다른 언어권 작품이나 영상물의 홍보에도 쉽게 '사회파'라는 용어가 붙는다. 사회의 부조리와 현실의 직시, 일상을 반영한 충실한 리얼리티, 범죄의 배경과 범인의 심리 등 사회파에 깃든 이런 의미들은 미스터리 장르에 대한 국내 독자의 인식을 확장했고, 또 대중소설 시장에서 그 지위를 상승케 하는 데 중요한 역할을 했다.

사회파라는 용어가 국내에 널리 알려지기 시작한 건 미야베 미유키의 작품들이 인기를 얻으면서부터였을 것이다. 2000년대 초반, '셜록 홈즈 시리즈'가 인기를 얻으면서 오랫동안 침체됐던 국내 미스터리 시장은 서서히 떠오르기 시작했다. 그 기세를 타고 폭발적이라고 해도 좋을 정도로 일본 미스터리가 다수 유입됐는데, 당시 마니아들의 전유물 같았던 본격 미스터리의 홍수 속에서 미야베 미유키의 작품은 신선한 반향을 일으켰다. 2000년에 소개돼 한동안 묻혀 있었던 『화차(1992)』가 재발굴됐고, 2005년 『이유(1998)』와 2006년 『모방범(2001)』이 연속으로 베스트셀러에 오르면서, 범죄를 통해 사회 그늘을 고발하는 작품들이 대중소설 시장의 중심으로 모여들었다.

미스터리 장르는 어디까지나 현실의 범죄를 기반으로 하기에 여타 장르에 비해 사회 변화에 민감하게 반응해왔다. 창작 당시의 사회를 반영한 미스터리 작품들을 사회파라고 부른다면 모든 미스터리 작품이 사회파라고 해도 틀린 말은 아니다. 요컨대 사회파란 미스터리 장르 자체에 이미 포함돼 있는 성격이므로 굳이 서브 장르로 나누어 부를 이유가 딱히 없는 것이다. 그럼에도 불구하고 '사회파'는 다른 서브 장르와 구분되는 테두리가 있는데, 일본 미스터리의 역사를 살펴보면 이를 보다 분명하게 확인할 수 있다.

현실의 범죄를 다루는 장르가 오히려 현실과 멀어지는 아이러니. 영어권에서 고전 미스터리에 대한 반발로 하드보일드가 시작된 것처럼 사회파 또한 본격 미스터리에 대한 반발로 시작됐다. 전쟁으로 경제 기반 대부분을 상실한 일본은 1950년대에 한국전쟁을 통해 다시 호황을 맞았다. 이후 고도성장기에 접어들어 사회가 복잡해지자, 범죄를 이야기하는 방법으로써 본격 미스터리는 한계에 부닥치게 된다. 이러한 시대적 분위기와 동시대 인간을 이야기하고 싶었던 한 작가의 열망은 자연스럽게 맞아떨어졌다.

인쇄공으로 시작해 신문 광고부에서 일하며 다양한 부업을 전전하던 마쓰모토 세이초는 생활에 도움이 될까 해 응모한 공모전에서 3등으로 입선하면서 작가로서의 삶을 고민하게 된다. 이후 나오키상에서 아쉽게 낙선한 「어느 '고쿠라 일기' 전(1953)」이 제28회 아쿠타가와상을 수상하면서, 그는 44세라는 늦은 나이에 본격적인 작가 생활을 시작한다.

세이초는 1955년경부터 범죄소설을 쓰기 시작했는데, 단편집 『얼굴(1957)』이 일본탐정작가클럽상을 수상하고 1958년에 발표한 장편 『점과 선』과 『눈의 벽』이 모두 베스트셀러에 오르면서 '마쓰모토 세이초 붐'이 일어났다. 그는 사회파 미스터리를 비롯해 논픽션, 역사소설 등 소재와 주제를 가리지 않고 넓은 영역에서 활동했으며, 치밀한 연구와 깊이 있는 주제의식은 일본 문학계 전반에 엄청난 영향을 끼쳤다. 마쓰모토 세이초는 다작으로도 명성이 높았는데, 40년 동안 중편과 단편을 포함해 무려 천 편에 가까운 작품을 남겼다.

사회파 미스터리란 『점과 선』이 발표된 1958년 이후부터 지금까지 일본 미스터리를 지배하고 있는 한 형식을 부르는 용어다. 초인적인 탐정의 논리와 교묘한 퍼즐, 반전에 집착하는 본격 미스터리와 달리 사회파 미스터리는 현실에서 일어날 법한 사건을 배경으로 하며, 우리와 같은 현실의 인물이 등장한다. 사회파 미스터리 속 범죄는 천재 범죄자의 악의가 아니라 사회 구조의 그늘에서 유래한다. 게임에서 승리하는 논리적 쾌감을 선사하는 본격 미스터리와는 다르게, 사회파 미스터리는 일어날 법한 범죄의 발생과 해결을 독자에게 직시하게 함으로써 당대를 함께 살아가는 독자들에게 공감을 이끌어낸다. 범죄의 배경과 동기, 인간의 심리에 집중하는 이러한 태도는 영어권의 범죄소설, 와이더닛 등과 비슷한 성격을 지닌다. 사회의 발전과 더불어 탐정소설에서 범죄소설로 변화했던 미스터리 장르 특유의 속성이 일본에서도 고스란히 발현된 셈이다.

1970년대에는 마쓰모토 세이초 열풍이 지속되는 가운데 모리무라 세이치가 등장해 그 바통을 이어받는다. 호텔러어 출신으로 비즈니스 강사로 일하던 모리무라 세이치는 경제 관련 글을 연재하다가 1969년 장편 『고층의 사각』을 발표하며 미스터리 작가의 길을 걷게 된다. 초기 작풍은 치밀한 알리바이 깨기를 소재로 한 본격 미스터리였으나, 1970년대 중반에 발표한 '증명 시리즈 3부작'이 비평과 흥행에서 모두 크게 성공하면서 사회파 미스터리의 거장으로 손꼽히게 된다.

사회파 미스터리는 영화, 드라마 등과 결합하며 기세를 이어갔는데, 지나친 상업성이 양날의 칼이 됐는지 1970년대 후반에 이르면 눈에 띄게 쇠퇴의 길을 걷게 된다. 도저히 미스터리 장르라고 볼 수 없는 엉성한 범죄소설과 뻔한 구조로 짜인 선정적인 풍속소설은 결코 미스터리 독자를 만족시킬 수 없었다.

바로 이 시기를 전후해 한동안 절필 중이었던 요코미조 세이시의 작품이 새롭게 조명 받았고, 동시에 본격 미스터리의 끈을 놓지 않고 있던 아카가와 지로, 우치다 야스오, 니시무라 교타로, 아유카와 데쓰야 같은 작가의 작품들이 1980년대에 영향력을 발휘하면서 일본 미스터리의 흐름은 미스터리 본연의 즐거움을 되찾자는 '신본격'으로 이어지게 된다.

그 후, 1990년대에 접어들면 새로운 사회파 작가들이 등장한다. 앞서 소개한 미야베 미유키를 비롯해 여성 하드보일드로 시작한 뒤 남다른 작품 세계를 구축한 기리노 나쓰오, 넘볼 수 없는 범죄소설의 경지를 보여준 다카무라 가오루, 저널리스트의 경험을 살려 치밀하게 이야기를 직조하는 요코야마 히데오 등은 모두 사회파 미스터리의 전통을 계승했다고 평가받고 있으며, 현재 일본 문학을 대표하는 거장들이다.

POLICE LINE DO NOT CROSS

추천 : 아주 가까운 두 점은 연결된 하나의 선으로 인식될 수 있다

『점과 선(1958)』, 마쓰모토 세이초

1958년을 기점으로 일본 미스터리의 역사가 나뉜다는 평이 있을 정도로, 마쓰모토 세이초의 첫 장편 『점과 선』은 일본 미스터리 역사에서 가장 중요한 작품 중 하나다. 어느 날 공무원과 요정 종업원이 후쿠오카 해변에서 시체로 발견된다. 시체들은 서로 껴안고 있는 모습으로 발견됐고, 옆에는 청산가리가 든 음료수가 있었다. 후쿠오카 경찰서의 도리카이 준타로는 연인의 동반자살로 결론 난 이 사건이 왠지 의심스럽다. 공무원의 소지품 중에서 기차 식당칸 1인 영수증이 발견됐기 때문이다. 동반자살을 택한 남자가 왜 혼자서

밥을 먹었을까? 후쿠오카에 함께 기차를 타고 오긴 한 것일까? 도리카이는 이 위화감을 도쿄 경시청 경위 미하라 기이치에게 털어놓고, 그때부터 두 경찰의 집요한 알리바이 파훼가 시작된다. F. W. 크로포츠가 연상되는 하우더닛 구성을 기반으로, 사회 구조의 모순에 휘말린 범인의 동기를 차근차근 밝혀나가는 『점과 선』은 범죄의 동기와 사회적 배경을 중시하는 사회파 미스터리의 위대한 시작점으로 남아 있다.

2-11 화려한 범죄, 환상적인 트릭, 고도의 논리 : 신본격 미스터리

일본 미스터리 시장은 역사적으로 보면 몇 개의 분기가 존재한다. 1920년대부터 1950년대까지는 에도가와 란포와 요코미조 세이시가 활약한 본격 미스터리의 시기였다. 1950년대부터 1970년대까지 마쓰모토 세이초와 모리무라 세이치로 대표되는 사회파 미스터리의 전성기가 있었고, 1980년대에 접어들면 그동안 숨을 죽이던 본격 미스터리가 다시 유행하기 시작했다. 2000년대 이후 일본 미스터리는 사회파, 본격, 경찰소설, 라이트노벨 등 다양한 서브 장르가 혼재된 복잡한 시장을 형성하고 있다.

본격 미스터리가 새로운 바람을 일으켰던 1980년대에서 1990년대 중반까지의 작품들을 신본격 미스터리라고 부른다. 쇠락하는 고전 스타일 미스터리가 이처럼 강렬하게 부활한 예는 전 세계 어디에서도 찾을 수 없었다. 짧은 기간이었지만 신본격 미스터리는 강한 여파를 남겼다. 미스터리 장르의 흐름뿐 아니라 엔터테인먼트 산업 전반에 영향을 끼쳤으며, 동아시아 미스터리 시장을 성장시키는 역할을 했다.

갑자기 하늘에서 뚝 떨어진 것처럼 보이지만, 본격 부활의 이면에는 몇 가지 배경이 있다. 어릴 적 본격 미스터리를 읽고 자란 새로운 작가들이 등장한 것이 무엇보다 가장 큰 이유겠지만, 당시 사회파 작품들이 자기 복제의 늪에 빠져 시대를 관통할 추진력을 잃어버린 것도 본격이 다시 주목받는 중요한 이유가 됐다.

이런 상황에서 사회파의 기세에 밀려 한동안 절필 중이었던 요코미조 세이시의 '긴다이치 코스케 시리즈'가 만화와 영화를 통해 엄청나게 흥행하는 사건(?)이 발생한다. 전설의 미스터리 잡지 「환영성(1975~1979)」도 빼놓을 수 없다. 동인지 성격이 강해 상업적으로 성공한 잡지는 아니었지만 아와사카 쓰마오, 구리모토 가오루, 다나카 요시키, 렌조 미키히코 같은 그야말로 기라성 같은 작가들이 신인상을 통해 등단했다.

중장년을 대상으로 한 '2시간 드라마'도 새로운 본격의 유행에 큰 역할을 했다. 2시간 드라마 형식의 포문을 연

TV 아사히의 〈토요 와이드 극장〉은 니시무라 교타로, 아카가와 지로, 우치다 야스오 등의 작품을 각색해 방영했는데, 대중에게 미스터리 장르를 소개하는 창구 역할을 했다. 수수께끼에 충실한 미스터리에 대한 대중의 요구가 활발해지고 분위기가 무르익자, 마침내 작가 한 명이 등장해 새로운 본격을 선언한다.

무사시노 미술대학을 졸업하고 트럭 운전기사, 일러스트레이터, 점성술사, 가수 등 다양한 직업을 전전하던 시마다 소지는 제26회 에도가와 란포상 장편 부문에 『점성술의 매직』을 투고한다. 이 작품은 최종심까지 올랐으나 '시대에 역행한다'는 평을 받으며 낙선한다. 하지만 작품을 눈여겨보던 고단샤 관계자의 눈에 띄어 『점성술 살인사건(1981)』이란 제목으로 정식 출간된다. 불멸의 존재를 만들기 위한 한 점성술사의 기괴한 살인사건을 다룬 이 작품은 본격 미스터리를 그리던 독자들에게 열광적인 지지를 얻었다.

시마다 소지가 주창한 새로운 본격 미스터리는 대학 미스터리 클럽에서 활동하던 젊은 작가들에게 강렬한 영향을 끼쳤다. 전설의 편집자로 존경받는 고단샤의 우야마 히데오미가 판을 짜고 시마다 소지가 열렬한 추천사로 지원

사격을 담당하면서, 젊은 미스터리 작가들이 신본격의 깃발을 휘날리며 속속들이 등단했다. 아야쓰지 유키토, 우타노 쇼고, 노리즈키 린타로, 아비코 다케마루 등이 바로 이 시기에 등단한 작가들이다.

전설의 미스터리 편집자는 도쿄소겐샤에도 있었다. 1980년대 후반, 편집자 도가와 야스노부는 본격 미스터리의 신이라 불리는 아유카와 데쓰야와 함께 일본 작가의 신작 미스터리 13권을 발굴하는 프로젝트를 진행했다. '아유카와 데쓰야와 열세 가지 수수께끼'를 통해 오리하라 이치, 아리스가와 아리스, 미야베 미유키, 기타무라 가오루, 야마구치 마사야 등이 등단했다. 이들 신본격 초기 작가들의 작품은 단 한 권씩이라도 국내에 빠짐없이 소개됐으며, 국내 미스터리 시장에 큰 활기를 불어넣었다. 현재 국내 시장에서 신본격의 인기는 2010년 무렵 흥행과 비교하면 초라할 정도지만, 그래도 마니아 독자층은 단단하게 존재한다.

화려한 범죄, 환상적이고 매력적인 트릭, 해결을 위한 고도의 논리, 미스터리 장르에 대한 역사적 또는 메타적 고민, 소설의 완성도보다 우선한 트릭, 의외성에 모든 것을 거는 태도 등 신본격 미스터리는 기존 본격 미스터리와 차별되는 요소가 분명히 존재하는 것처럼 여겨지지만, 본격 미스터리의 전통에서 특별히 벗어나는 경향을 뜻하는 말은 아니다. '신본격'이라는 용어 자체도 아야쓰지 유키토의『수차관의 살인(1988)』을 판매하기 위한 고단샤 노벨즈의 홍보 문구로 처음 쓰였기 때문에, 신본격을 별개의 서브 장르로 인식하기보다 새로운 작가들의 본격 미스터리 정도로 파악하는 것이 이 용어를 이해하기 위한 가장 올바른 태도라고 할 수 있다.

이후 1990년대 중반에 접어들면서, 본격 미스터리의 새로운 르네상스에 미묘한 변화가 일어난다. 미스터리 장르에 '인식'이라는 문제를 들이민 교고쿠 나쓰히코, 이공계 미스터리 작가 모리 히로시, 장르 자체를 모방해 새로운 세계관을 만들어낸 세이료인 류스이 등이 등장한 것이다. (이들은 모두 고단샤 메피스토상을 통해 등단했다.) 이때부터 신본격 미스터리는 장르 외연이 확장되면서 만화, 드라마, 게임, 라이트노벨 등과 활발하게 섞이기 시작한다. 아리스가와 아리스와 아야쓰지 유키토는 교고쿠 나쓰히코의 데뷔작『우부메의 여름(1994)』을 신본격의 종언이라고 한 적이 있는데, 좁은 의미의 신본격 미스터리는 이 시기에 마무리됐고 역사의 한 페이지로 남았다고 볼 수 있다.

2000년대에 메피스토상 수상 작가인 마이조 오타로, 사토 유야, 니시오 이신 등이 등장하면서 이 흐름은 더욱 가속된다. 신본격이란 딱딱한 틀은 완전히 부서지고 라이트 노벨과의 경계마저 사라진다. 이런 유의 작품들은 보편적인 설득력을 지닌 미스터리 장르라기보다 일본 대중문화의 한 부분이라고 하는 편이 옳다.

이후 일본 본격 미스터리 시장은 어느덧 중견이 된 기성 작가들과 다양한 개성을 지닌 신인들이 저마다 가지를 뻗은 채 유지되고 있다. 일상계의 상업성과 작품성을 동시에 증명한 요네자와 호노부, 호러와 미스터리 장르를 훌륭하게 결합시킨 미쓰다 신조, 유머와 야구를 사랑하는 히가시가와 도쿠야, 엘러리 퀸의 후예를 자처한 아오사키 유고, 수다스럽지만 엄격한 논리파인 마도이 반, 본격 미스터리 세계에 이채로운 존재를 데려온 이마무라 마사히로 등 문학과 장르, 캐릭터와 논리, 현실과 환상이 뒤섞인 새로운 본격 미스터리는 여전히 진행 중이다.

추천 : 시체가 되살아나도 살인사건은 발생한다

『살아 있는 시체의 죽음(1989)』, 야마구치 마사야

와세다 대학 미스터리 클럽 출신 야마구치 마사야의 데뷔작. '아유카와 데쓰야와 열세 가지 수수께끼' 기획의 11번째 작품으로 출간됐다. 작품 성향과 역대 랭킹, 비평 등으로 보면 미야베 미유키의 『화차(1992)』와 대비되며 쌍벽을 이루는 작품으로, 1998년 「이 미스터리가 대단하다!」에서 선정한 '과거 10년간 출간된 베스트 미스터리 20'에서 1위를 차지하기도 했다. 1900년대 미국 뉴잉글랜드의 툼스빌. 유서 깊은 장례 회사를 운영하는 발리콘 가문에서 벌어지는 의문의 살인사건과 그 해결 과정을 그린…… 여기까지 보면 평범한 본격 미스터리지만, 야마구치 마사야는 파격적인 설정으로 미스터리 장르의 한계를 시험한다. 언제부터인가 툼스빌에서는 죽은 사람들이 살아나는 기괴한 일이 계속 발생했던 것. 탐정 역할을 맡은 발리콘 가문의 그린은 방황하다가 오랜만에 고향에 방문하지만, 할아버지의 초콜릿을 먹고 바로 사망한다. 그러고는 곧 되살아나 자신이 죽었다는 사실을 숨기고 사건을 조사하기 시작한다.

2-12 새로운 흐름 : 라이트 문예

국내 시장에서 라이트노벨 독자들과 미스터리 소설 독자들이 본격적으로 섞이기 시작한 건 2013년 『비블리아 고서당 사건수첩(2011)』이 대중적인 인기를 얻은 후부터라 볼수 있다. 물론 신본격 미스터리에 변화를 만들어낸 작가들(니시오 이신, 사토 유야, 마이조 오타로 등 고단샤 작가군)의 작품들은 이미 출간돼 있었지만, 당시 유통은 만화의 그것과 비슷했고 독자도 비교적 명확하게 나뉘어 있었다.

2014년 아오사키 유고의 작품이 국내에 소개되면서, 전통적인 국내 미스터리 독자들도 라이트노벨을 새로운 흐름으로 진지하게 인식하기 시작했다. 라이트노벨 관련 공모전에 응모했다가 낙선하고 '미스터리에 더 어울린다'라는 심사평을 받아들여 아유카와 데쓰야상에 응모한 아오사키 유고는 엘러리 퀸식 소거법과 라이트노벨을 결합시킨 『체육관의 살인(2012)』으로 제22회 아유카와 데쓰야상을 수상했다. 당시 21세로 역대 최연소 수상자였고, 최초로 헤이세이(1989~2019) 연호에 탄생한 수상자였다. 그래서 작가의 별명은 헤이세이의 엘러리 퀸이 됐다.

라이트노벨은 종종 하나의 장르로 분류된다. 분명히 한데 묶을 수 있는 공통점도 있다. 비교적 낮은 독자 연령층, 읽기 쉬운 문체, 애니메이션 풍의 표지와 삽화, 캐릭터 중심 서술 구조, 만화의 유통 구조 등. 하지만 서사와 규칙을 따지는 일반적인 장르 구분법으로는 좀처럼 파악할 수 없는 장르이기도 하다. 라이트노벨이라는 울타리 안에는 판타지, 미스터리, SF, 로맨스 등 거의 모든 장르가 존재하기 때문이다. 라이트노벨을 가장 확실하게 구분하는 방법은 '출판사'라는 말이 있을 정도로, 그 경계는 아직까지도 모호하다.

1980년대 후반, 일본에서 가도카와의 스니커즈 문고나 후지미 판타지아 문고로 틀이 만들어진 라이트노벨은 '슬레이어즈 시리즈(1990)'의 엄청난 흥행을 기점으로 만화, 게임, 애니메이션 산업과 함께 크게 발전한다. 2000년대 초에 접어들어서는 약간의 변화가 생겨, 라이트노벨보다 다소 큰 판형에 중고생 독자가 아니라 20~30대 여성 독자층을 대상으로 한 작품들도 출간되기 시작했다.

1990년대까지만 해도 일본에서는 소위 일반 문학과 라이트노벨 사이에는 (특히 표지 일러스트에서) 엄격한 장벽이 존재했다. 그런데 그 벽이 허물어진 것이다. 당연히 나이를 먹어가는 라이트노벨 독자들을 위한 상업적인 포석이겠지만, 결과적으로 라이트노벨은 여러 장르와 더 활발하게 섞이게 됐고 일반 문학으로 분류되는 소설과의 경계 또한 모호해졌다. 여기에 가도카와의 미디어웍스 문고 같은 전문 레이블이 생기고, 미카미 엔의 『비블리아 고서당 사건수첩』, 히가시가와 도쿠야의 『수수께끼 풀이는 저녁 식사 후에 (2010)』 같은 작품이 엄청난 흥행을 기록하면서, 이러한 작품들은 상업적인 대중소설로서 그 지위를 인정받으며 후에 '라이트 문예'라고 불리게 됐다.

라이트 문예에는 직업소설이나 청춘소설, 연애소설, 판타지 등 여러 장르가 있지만, 그중에서도 미스터리 장르가 가장 중요한 부분을 차지하고 있다. 아직 '라이트 문예 미스터리'라고 부를 수 있을 정도로 명확한 경계가 있는 건 아니지만, 2010년대 이후 라이트노벨 기반의 일본 미스터리는 이러한 흐름 아래 창작되고 있다고 봐야 할 것이다.

분류 자체가 애매해서인지 국내 미스터리 시장에서 많이 언급되지는 않았지만, 그동안 알게 모르게 꽤 많은 라이트

문예 작품이 출간됐다. 미카미 엔의 '비블리아 고서당 시리즈', 코노 유타카의 '계단섬 시리즈', 오카자키 다쿠마의 '커피점 탈레랑 시리즈', 『암리타』를 비롯한 노자키 마도의 연작, 마츠오카 케이스케의 '만능 감정사 시리즈', 지넨 미키토의 작품들 등은 라이트노벨 독자와 미스터리 장르 독자 모두에게 사랑받았다.

본격 미스터리와 사회파, 중견과 신예, 일반 문학과 라이트노벨 등 다양한 장르가 얽히고설킨 현재 일본 미스터리 시장에서 가장 주목받고 있는 작품들은 라이트노벨의 감성을 지니고 현실 밖에서 본격 미스터리의 규칙을 엄격하게 적용한 '특수 설정' 미스터리라고 할 수 있을 것이다.

이마무라 마사히로의 『시인장의 살인(2018)』은 아유카와 데쓰야상 수상을 비롯해 일본 4대 랭킹 매거진 1위 석권이라는 전대미문의 비평적 성공을 거두며 2018년 최고의 화제작이 됐다. 2019년 아이자와 사코는 『영매탐정 조즈카』로 세 개의 랭킹 매거진을 석권하며 '특수 설정' 미스터리가 현재 가장 상업적인 트렌드임을 다시 한 번 증명했다. 아쓰가와 다쓰미나 샤센도 유키 같은 젊은 작가들은 특수 설정 미스터리를 더 깊이 있게 파고들며 좋은 평가를 받고 있다.

『고전부 시리즈(2001~2016)』, 요네자와 호노부

2014년 『야경』으로 야마모토 슈고로상과 랭킹지 세 개를 석권하고 2015년
에는 『왕과 서커스』로 다시 3관왕을 달성해 작품성과 대중성을 모두 인정받
고 있는 요네자와 호노부의 시작은 라이트노벨 공모전이었다. 데뷔작 『빙과
(2001)』는 제5회 가도카와 학원소설대상에서 장려상을 수상한 뒤 라이트노
벨 레이블인 스니커 문고에서 출간됐다.

　『빙과』는 이후 『바보의 엔드 크레디트』, 『쿠드랴프카의 차례』, 『멀리 돌아가
는 히나』, 『두 사람의 거리 추정』, 『이제 와서 날개라 해도』로 이어지며, 요네
자와 호노부의 작품 세계를 관통하는 가장 중요한 시리즈가 된다.

　'고전부 시리즈'라 불리는 이 작품들에는 고등학교 특별 활동 동아리 '고전
부'에 소속된 학생들이 겪는 일상의 사건이 담겨 있다. 달콤하지만 또 씁쓸한
청춘의 감정들이 섬세하고도 담백하게 묘사돼 있어 청춘소설과 미스터리를
절묘하게 결합했다는 찬사를 이끌어냈다. 원작의 인기에 힘입어 만화와 애니
메이션, 영화로도 만들어졌는데, 특히 교토 애니메이션에서 제작한 애니메이
션은 섬세한 작화와 연출로 크게 성공했다.

PART 3

기법

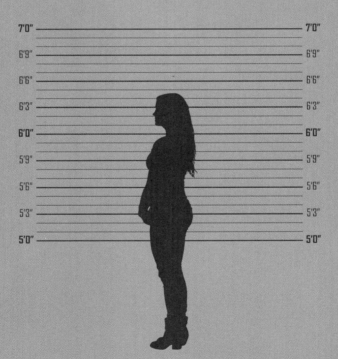

7'0"												7'0"
6'9"												6'9"
6'6"												6'6"
6'3"												6'3"
6'0"												6'0"
5'9"												5'9"
5'6"												5'6"
5'3"												5'3"
5'0"												5'0"

독자는 범인을 알고 있다
: 도서 미스터리

3-1

고전 스타일 미스터리, 즉 수수께끼가 무게중심인 미스터리를 쓰는 작가들은 독자와의 대결을 염두에 둔다. 대부분 결말을 미리 준비해놓고 결말에 이르는 단서를 텍스트 속에 공정하게 배치한 다음, 독자를 현혹하기 위한 다양한 장치를 준비한다. 그리고 결말에서 독자에게 놀라움을 주는 데 최선을 다하는 식이다.

게임에 참여한 독자들이 미스터리 소설을 끝까지 읽는 이유는 당연히 '범인' 때문이다. 책장이 줄어들 때마다 서서히 수수께끼가 풀리고 진범의 윤곽이 어슴푸레 나타난다. 승패와 상관없이 독자는 범인의 의외성이 크면 클수록, 탐정이 위대하면 위대할수록 더 큰 즐거움을 느끼기 마련이다.

하지만 '도서 미스터리'에서는 범인이 맨 앞에 나온다. 첫 페이지를 펼치는 순간 범인과 범행 방법 모두가 공개되는 것이다. '도서(倒敍)'는 낯설긴 하지만 사전에 등재된 용어로 '도치 서술'의 줄임말이다. 의미는 '시간의 흐름과 반대로 기술하는 일'. 즉 '도서 미스터리'는 일반적인 미스터리와 정반대로 쓰인 미스터리를 뜻한다. 영어로는 'inverted mystery'라고 한다.

'도서 미스터리' 기법이 만들어진 건 제법 오래전 일로, 1910년대까지 거슬러 올라간다. '기이한 사건―탐정에 의한 논리적 추리―뜻밖의 결말'이라는, 1841년 에드거 앨런 포 이후 철옹성같이 이어지던 미스터리의 일반 구조는 제법 빨리 예외가 만들어진 셈이다.

과학 미스터리의 선구자라고 불리는 오스틴 프리먼은 1912년 『노래하는 백골』이라는 단편집을 발표했는데, 여기에 수록된 단편 「오스카 브로트스키 사건」은 최초의 도서 미스터리로 알려져 있다. 이 단편은 두 부분으로 구성돼 있다. 1부에서 사일러스 히클러라는 인물이 보석상 오스카 브로트스키를 살해한 후 이를 은폐하고, 2부에서는 탐정 손다이크 박사가 그 허점을 파헤쳐 과학적으로 범죄를 증명한다.

오스틴 프리먼이 전통적인 미스터리 구조에 한계를 느

끼고 혁신을 꿈꿨다고 생각되지는 않는다. 그는 19세기 말 아프리카 식민지에서 본업인 의사 업무뿐 아니라 토지 측량사와 박물학자로도 일했으며, 미스터리 소설에 지문을 본격적으로 도입할 만큼 과학적 방법론에 익숙한 사람이었다. 오스틴 프리먼은 거듭된 실험을 통해 오로지 증명된 사실만 소설에 담았는데, 범인이 누구인지 좁혀가며 이리저리 함정을 설치하는 후더닛보다 과학적 오류를 단번에 보여주는 도서 미스터리가 체질에 더 잘 맞았을 것이다.

기존의 발상을 완전히 뒤집는 도서 미스터리 기법은 당대 작가들이 의아하게 생각할 정도로 새로운 시도였고, 독자 반응도 썩 좋지는 않았다. 하지만 굳이 범인을 숨기려고 머리를 쥐어짤 필요가 없고, 범인의 심리를 더 깊이 있게 드러낼 수 있다는 점이 인정받으면서 많은 작가들이 이 기법을 애용하기 시작했다. 지금은 너무 오래된 작품들이긴 하지만 프랜시스 아일즈의 『살의(1931)』, 리처드 헐의 『백모살인사건(1934)』, F. W. 크로포츠의 『크로이든발 12시 30분(1934)』 같은 작품들은 세계 3대 도서 미스터리로 불린다.

그렇다면 이러한 '도서 미스터리' 기법은 현재에 어떤 장점이 있을까? 첫째, 독자에게 단서를 공정하고 간편하게 '보여줄' 수 있어서 영상과 잘 어울린다. 〈형사 콜롬보〉나 〈후

루하타 닌자부로〉는 잘 알려진 도서 형식의 드라마다. 둘째, 독자가 몰입하는 대상이 탐정이 아닌 범인이 되기 때문에 꽤 흥미로운 서스펜스가 일어난다. 작품 속에서 탐정은 당연히 범인의 실수를 찾으며 움직이는데, 이를 모두 알고 있는 독자는 그 실수가 어떻게 밝혀질지 궁금해하고 동시에 초조해한다. 셋째, 범죄자에게 서사를 부여하고 독자의 공감을 유도하기 좋다. 마지막으로, 웹소설처럼 짧은 호흡이 반복되고 앞으로 돌아갈 수 없는 미디어에서도 수수께끼에 무게중심을 두는 고전 미스터리의 맛을 살릴 수 있다.

3-2 미스터리는 정말 논리적인가? : 탐정의 논리

미스터리는 어디까지나 근대를 기반으로 한 장르다. 이제까지와 다른 합리성은 미스터리 탄생의 필연적인 요소였다. 문학사적으로 봐도 미스터리는 고딕소설의 자리를 대체하며 등장했다. 비이성에 휘말려 미로에 갇혀버린 사건에서, 탐정은 환한 이성의 등불을 들고 길을 찾으며 범죄로 흐트러진 질서를 되돌린다.

이성의 등불을 손에 든 탐정의 무기는 논리다. 뜻밖의 결말은 언제나 공정하게 제시된 단서와 엄격한 논리 위에 구축돼야 한다. 독자가 전혀 몰랐던 증거, 데우스 엑스 마키나 같은 신의 존재, 당대를 뛰어넘는 과학기술, 과학적으로 설명할 수 없는 마법 등으로 만들어진 반전은 결코 미스터리 독자를 만족시킬 수 없다. 작가와 독자 모두 이런 요소들은 금기로 여긴다. (물론 이 모든 것들은 초기 미스터리에 국한된 이야기다.)

탐정의 추리 능력은 언제나 미스터리 장르의 논리성을 대표해왔다. 특히 셜록 홈즈는 빛나는 활약을 통해 현재까지도 '논리적인 탐정'의 본보기로 여겨지고 있다. 그의 위대한 추리력을 보여주는 예는 셀 수 없이 많지만, 잘 알려진 몇 개의 명언으로 그 당당한 면모를 대신해본다.

"이론가는 한 방울의 물에서 대서양이나 나이아가라 폭포가 존재할 수 있다는 것을 추측할 수 있다."(『주홍색 연구』)

"인생은 커다란 쇠사슬이기 때문에 그 본성을 알려면 한 개의 고리만 알면 된다." (『주홍색 연구』)

"쓸데없는 요인을 하나씩 없애 가다 보면 마지막에 남는 것이 진실이 되지." (『네 사람의 서명』)

"왓슨 군, 자네는 사물을 보기만 하고 관찰은 하지 않는군. 보는 것과 관찰하는 것은 다르다네."(「보헤미아 스캔들」)

"불가능한 것을 제외하고 남는 것은, 아무리 불가능해 보여도 그것이 진실이다."(「녹주석 보관」)

셜록 홈즈는 작품 속에서 자신의 추리법이 관찰과 연역 추리라고 여러 차례 말하지만, 엄격하게 말하면 그가 연역적 방법만을 쓴 것은 아니다. 볼테르의 자디그부터 에드거 앨런 포의 뒤팽을 거쳐 수많은 탐정들이 사용해온 추리법은 가추법(abductions) 혹은 귀추법으로 알려져 있다. 가추법은 미국의 기호학자인 찰스 샌더스 퍼스(1839~1914)가 처음 발견했다. 가추법의 예는 아래와 같다. (콩주머니 예시를 비롯한 더 상세한 내용은 2016년 출판사 '이마(YIMA)'에서 출간된 움베르토 에코와 토머스 A. 세벅의 『셜록 홈즈, 기호학자를 만나다』에서 확인할 수 있다.)

연역법

법칙 : 이 주머니에서 나온 콩은 모두 하얗다.

사례 : 이 콩들은 이 주머니에서 나왔다.

결과 : 이 콩들은 하얗다.

귀납법

사례 : 이 콩들은 이 주머니에서 나왔다.

결과 : 이 콩들은 하얗다.

법칙 : 이 주머니에서 나온 콩은 모두 하얗다.

가추법

법칙 : 이 주머니에서 나온 콩은 모두 하얗다.

결과 : 이 콩들은 하얗다.

사례 : 이 콩들은 이 주머니에서 나왔다.

법칙에서 시작된 연역법은 확실한 진리를 보장하지만 지식 자체를 확장하지는 못한다. 사례에서 시작하는 귀납법은 사례가 잘못됐을 경우 법칙마저 잘못될 수 있다는 한계가 있다. 미스터리 작품에서 탐정이 저지르는 수많은 실수가 여기 해당한다. 그에 반해 가추법은 법칙에서 시작돼 새로운 가정을 이끌어낸다. 탐정은 새로운 가정을 검증하고, 거기서 다시 또 새로운 가정을 이끌어내고, 이를 다시 검증하면서 사건을 해결하는 것이다.

그렇다면 여기서 질문. 미스터리 장르는 정말 논리적일까? 논증과 철저한 증명으로 구성돼 있으며 하나의 수학 문제처럼 정교할까? 안타깝지만 이 질문에 "당연하다!"라고 답할 수는 없다. 그렇기도 하고 그렇지 않기도 하다. 미스터리 장르가 철저하게 논리적이라면 작가가 제시한 결말 또는 그 해답은 (적어도 상식 있는 일반 독자가 판단하기에) 절대적이어야 한다.

수수께끼 중심의 미스터리들 중에는 단순화하면 추리 퀴즈에 가까워지는 작품들이 있다. 초기 단편들이 그런 편인

데, 이런 작품들은 주어진 조건 안에서만 문제를 제시하고 해답 또한 그 조건의 범위를 넘지 않는다. 재미의 문제는 일단 차치하고, 이들은 확실히 논리적이며 해답 또한 절대적이다.

하지만 미스터리는 그저 추리 퀴즈에 머무르지 않았고, 독자 또한 그 단계에 만족하지 않았다. 장르가 발전하고 상업적인 시장이 갖춰지면서 미스터리의 '논리'에는 다양한 사회적 요인과 인간 심리 그리고 작가의 기법이 반영됐고, 미스터리 소설은 논리와 문학 그 사이 어딘가에 자리하게 됐다. 미스터리 장르가 매력적인 이유는 순수한 이성과 논리만으로 난제가 해결되기 때문이다. 하지만 현실에서는 그런 일은 거의 찾아볼 수 없다. '미스터리는 논리적이다'라는 명제는 어쩌면 인간의 본성이 그리워하는 향수 같은 것일지도 모르겠다.

3-3 작가는 독자를 속이고 싶어 한다 : 레드 헤링

　수수께끼가 중심인 미스터리를 아무 생각 없이 편안히 읽을 수 있는 독자는 없다. 그런 독자가 있다면 아마 장르를 처음 접하거나, 다른 목적으로 작품을 선택했기 때문일 것이다. 작가 역시 마찬가지다. 사건의 시작에서 결말까지 독자를 편안하게 안내하는 작가는 없다. 수수께끼 중심의 미스터리를 쓰는 작가라면 독자를 속이기 위해 반드시 승부를 걸기 마련이다. 독자를 감탄케 할 '뜻밖의 결말'을 위해 작가는 여러 가지 기법을 사용하는데, 그 핵심이 바로 '미스디렉션(misdirection)'이다. 미스디렉션은 본래 마술 용어로, 마술을 성공시키기 위한 필수 요소다.

　스토리와 연출이 따르는 마술은 극적인 놀라움을 지향한다는 점에서 미스터리 소설과 매우 비슷하다. 실제 마술사로 활동한 미스터리 작가들도 있는데, 아마추어 마술사였던 클레이튼 로슨의 데뷔작 『모자에서 튀어나온 죽음 (1938)』에는 마술사 '그레이트 멀리니'가 탐정으로 등장한 다. 『밤의 열기 속에서(1965)』로 잘 알려진 존 볼도 '자크 모 린텔', '하우더지'라는 이름을 쓰던 아마추어 마술사였다. 일본에는 문장사이자 아마추어 마술사였던 아와사카 쓰마 오가 있는데, 그의 이름을 딴 마술 분야 상이 제정됐을 정 도로 기발한 장치와 마술에 조예가 깊은 작가였다.

마술사는 손과 시선, 몸동작과 언어 등을 이용해 관객의 주의를 다른 곳으로 돌린다. 작가는 서술을 통해 독자의 머릿속에 그려지는 시각적 이미지를 기만한다. 이런 기법을 미스터리 장르에서는 '레드 헤링(red herring)'이라고 부른다. '헤링(herring)'은 청어, '레드(red)'는 훈제 처리된 청어의 붉 은 빛깔을 뜻한다. 굳이 비슷한 우리나라 음식을 찾자면 청 어 과메기 정도랄까. '레드 헤링'은 '붉은 청어'보다 '훈제 청 어'로 더 많이 번역되며, 우리나라에서는 '훈제 청어'라는 말 이 '레드 헤링'과 같은 의미로 쓰이고 있다. 훈제 청어는 냄 새가 강하기 때문에 탈옥수들이 사냥개를 따돌리기 위한 수단으로 사용했다고 하는데, 이 의미가 확장돼 논점을 흐 리고 독자가 진범을 찾지 못하도록 관심을 돌리기 위해 사 용하는 수단을 뜻하는 용어가 됐다.

미스터리 장르에서 '레드 헤링'은 정말 많이 쓰이는 관용구라서, 이를 알지 못한 채 장르를 접한다면 약간 이상하다는 생각이 들 수도 있다. 예를 들어 도로시 L. 세이어즈의 『The Five Red Herrings(1931)』나 제프리 아처의 『Twelve Red Herrings(1994)』, 앨런 브래들리의 『겨자 빠진 훈제 청어의 맛(2011)』 등은 생선을 소재로 한 작품들은 아니다.

자, 그렇다면 작가들은 냄새를 풍기는 훈제 청어를 작품 속에 어떻게 흩뿌리는가. 먼저 범인으로 의심할 만한 인물을 등장시키는 방법이 있다. 이들은 보통 피해자를 살해할 만한 강렬한 동기를 가지고 있거나, 괜히 살인 현장을 배회하거나, 우연히 중요한 단서를 떨어뜨린다. 모순되는 증거물이나 의미심장한 말도 훌륭한 레드 헤링이다. 탐정과 독자의 해석이 절묘하게 갈릴 여지가 많을수록 독자의 주의는 더 흐트러질 수 있다. 기록물도 자주 등장한다. 소설 앞부분에 등장하는 등장인물의 수기, 편지, 일기 등은 독자에게 강렬한 선입견을 줄 수 있다. '믿을 수 없는 화자'는 최근 가장 많이 쓰이는 레드 헤링 기법인데, 이 부분은 '서술 트릭' 꼭지에서 짚어보기로 하자.

레드 헤링은 '무엇'보다 '어떻게' 사용하느냐가 더 중요하다. 퍼즐 미스터리 독자는 텍스트에서 발견되는 레드 헤링을 무척 좋아하지만, 그렇다고 마냥 속는 걸 원하지도 않는다. 레드 헤링을 남발해 독자를 완전히 따돌려버린다면, 독자는 아마 그 작가의 다음 작품은 읽지 않을 것이다. 레드 헤링은 서브 장르의 필수 요소이나 작품의 캐릭터나 이야기를 훼손할 정도로 만능인 도구는 아니다. 공정하게 단서를 배치하되 몇 개는 독자의 주의를 돌리고, 또 몇 개는 탐정을 올바른 길로 인도해야 한다. 수수께끼 중심의 미스터리에서는 이 균형 감각이 정말 중요하다.

미스터리를 지탱하는 기둥
: 트릭

3-4

'트릭'은 미스터리 소설에서 범죄를 숨기기 위한 다양한 기법을 뜻한다. 주로 작품 속 범인이 고안하고 실행하며, 역시 작품 속 탐정이 이를 간파하기 위해 고심한다. 작품 속 인물이 아니라 작가가 독자를 속이기 위해 고안하고 실행하는 경우도 있는데, 이런 독특한 사례도 넓게 보면 트릭의 범주에 포함된다.

퍼즐을 즐기는 미스터리 독자들에게 트릭은 작품을 평가하는 가장 중요한 기준이다. 이들은 트릭만 기발하다면 다른 단점은 얼마든지 포용할 준비가 돼 있다. 평면적인 등장인물, 다소 미흡한 문장력에도 불구하고 아이디어만으로 숭배 받는 작품은 얼마든지 찾아볼 수 있다. 트릭의 아이디어가 살인 동기인 작품들도 있을 정도이니, 수수께끼 중심의 미스터리에서 트릭은 작품 전체를 떠받치는 기둥이라

할 수 있을 것이다.

트릭은 장르 규칙에 대한 작가와 독자의 암묵적인 동의 아래 존재한다. 트릭은 작품 속에 공개된 단서로만 구성돼야 하며, 작품의 시대 배경을 넘어선 기법 위에 존재해서는 안 된다. 마법 같은 초월적인 힘이나 유령 같은 초현실적인 존재, 당대를 넘어선 과학기술로 트릭이 만들어진다면 독자는 고개를 갸웃하기 마련이다. 반대로 이 두 가지 조건만 지켜진다면 독자들은 크게 개의치 않는다. 따라서 SF나 판타지 세계관에서도 미스터리 장르와 그 트릭은 얼마든지 성립할 수 있다.

트릭은 크게 물리 트릭과 심리 트릭으로 나뉘며 서술 트릭이 포함되는 경우도 있다. 단편을 제외하면 한 가지 트릭만 쓰이는 경우는 거의 없으며, 보통 다양한 트릭들이 조합돼 작품 전체를 관통하는 속임수가 만들어진다.

물리 트릭은 기계 장치나 물리 현상을 이용한 트릭으로 가장 기본적인 트릭이다. 얼음 총알이나 고드름, 암염 탄환, 실과 클립, 축음기나 레코드, 발자국 위조, 거울, 동물의 습관 등 옛날 추리 퀴즈 책에 나올 법한 트릭들이 대부분 물리 트릭에 해당한다. 물리 트릭은 명쾌하지만 그만큼 단순하기 때문에 홀로는 잘 쓰이지 않는다.

창작자 입장에서 물리 트릭은 어느 정도 한계를 지닌다. 고전 작품의 아이디어는 이미 많이 알려져 있어 독자에게 신선함을 주기 어렵고, 현대 과학기술을 기반으로 한 트릭들은 독자마다 배경지식의 차이가 있기 때문에 보편적인 '뜻밖의 반전'을 이끌어내기 어렵기 때문이다. 그래서 물리 트릭은 보통 등장인물의 기지를 보여주거나 서스펜스를 만드는 소품으로 활용되는 경우가 많다.

물론 물리 트릭으로 발상의 전환을 노리는 작품들도 있다. 시마다 소지의 『기울어진 저택의 범죄(1982)』나 기타야마 다케쿠니의 『클락성 살인사건(2002)』같은 작품들은 '스케일'이 다른 물리 트릭을 보여준다.

심리 트릭은 구체적인 기법이라기보다는 독자를 기만하는 (작가 혹은 등장인물의) 태도이며, 물리 트릭과 대치되는 개념이라 할 수 있다. 발상의 전환, 심리적 맹점, 인지의 사각 등 미스터리 작가들은 이제껏 다양한 연출을 통해 독자를 속여왔다. 심리 트릭이 멋지게 구현된 작품 중 하나로 존 딕슨 카의 『황제의 코담뱃갑(1942)』을 꼽을 수 있는데, 초반부에 설치한 대담한 덫이 인상적인 작품이다.

서술 트릭은 앞서 소개한 두 가지 유형과 미묘한 차이가 있다. 물리 트릭이나 심리 트릭은 대부분 작품 속 등장인물이 역시 등장인물을 대상으로 속임수를 펼치지만, 서술 트릭은 작품 밖에서부터 만들어진다. 간단하게 말하면 작가가 독자를 기만하는 기법인 것이다. 일반적으로 독자는 작가의 서술이나 작품 속 화자를 신뢰할 수밖에 없다. 서술 트릭이 교묘함을 넘어 사악(?)하게 느껴지는 건 이 신뢰를 배반하는 것에서부터 시작되기 때문이다. 등장인물의 말투나 이름, 성별과 나이의 착각을 유도하거나, 챕터에 따라 시간과 공간을 은근슬쩍 바꾸는 경우도 있다. 작품 속에 등장하는 수기나 기록, 문장을 통해 판을 뒤집어버리는 기법 또한 서술 트릭에 속한다. 영어권에서는 '믿을 수 없는 화자'를 자주 등장시키는데, 알코올 중독이나 기억상실 등에 시달리는 1인칭 주인공 시점의 작품들이 이런 예에 해당한다.

서술 트릭은 난이도가 매우 높다. 독자를 속이며 동시에 독자에게 단서를 공정하게 제공하려면 치밀한 설계가 필요하기 때문이다. 또 초반에 간파당하면 작품의 재미가 급격하게 떨어지기 때문에 매우 부담스러운 트릭이라고 할 수 있다. 서술 트릭이 쓰였다는 사실만으로도 작품의 재미를 떨어뜨리기 때문에 구체적인 예를 소개할 수는 없지만, 잘 쓰인 서술 트릭은 (좀 과장되게 말하면) 하늘과 땅이 뒤집힐 정도의 놀라움을 준다. 이 경이로움에 매료된 많은 작가들 (특히 일본 신본격 작가들)이 까다로운 기법에 용감하게 도전했고, 그만큼 걸작들도 많이 탄생했다.

마지막으로, 에도가와 란포는 1953년 잡지 「보석」에 발표한 뒤 나중에 개고한 「유형별 트릭 집성(類別トリック集成)」이란 평론을 잡지 「속, 환영성」에 발표한 바 있다. 그는 이 평론에서 해외 사례를 포함해 총 821개의 트릭을 항목별로 나누고 그 빈도까지 꼼꼼하게 조사했다.

란포는 먼저 트릭의 종류를 총 아홉 가지로 나눴다. 첫째 인간을 대상으로 한 트릭, 둘째 범인이 현장에 드나든 흔적에 관한 트릭, 셋째 범행 시간에 관한 트릭, 넷째 흉기와 독극물에 관한 트릭, 다섯째 사람 및 사물의 은닉 방법에 관한 트릭, 여섯째 기타, 일곱째 암호, 여덟째 이상한 동기, 아홉째 기지에 의한 범죄 발각이다.

이 아홉 가지 부류 중에 가장 많이 쓰인 방법은 '인간을 대상으로 한 트릭'이다. 총 821개의 사례 중 225번 사용됐는데, 개별 항목을 살펴보면 그중에서도 가장 많이 사용된 방법은 '1인 2역'으로 총 130회 사용됐다. 범인이 현장에 드나든 흔적에 관한 트릭에서는 '밀실'이 총 83회로 가장 많이 사용됐다. 범행 시간에 관한 트릭 중에서는 의외로 '소리에 의한 시간 트릭'이 총 19회로 가장 많았다. 흉기와 독극물 중에는 흉기가 총 58회로 더 많이 사용됐다. 사람과 사물의 은닉 방법에 관한 트릭 중에서는 역시 시체 은닉이 총 33회로 가장 많았다. 기타 트릭 중에서는 '거울'과 '착시'가 엇비슷하게 사용됐다. 각각 10회와 9회. 암호 중에서는 완곡한 표현으로 문장 의미를 숨기는 '우의법'이 11회로 가장 많았고, 이상한 동기 중에서는 '감정'이 20회로 가장 많이 사용됐다. 기지에 의한 범죄 발각은 심리적 허점을 노리는 트릭이 많았는데, 총 28회 사용됐다.

  1953년이라는 시기적 한계가 있지만, 「유형별 트릭 집성」은 트릭 용례를 확인하기에 부족함이 없는 거장의 세심한 탐구라고 할 수 있다. 이 평론을 기반으로 한 에세이는 『추리소설 속 트릭의 비밀』이란 제목으로 2019년 출판사 현인에서 출간돼 있으니, 더 상세한 내용은 책을 통해 살펴보도록 하자.

3-5 그때 나는 거기에 없었다
: 알리바이

의도했든 그렇지 않았든, 누구나 일생에 한 번쯤은 지인의 알리바이를 조작해준 일이 있을 것이다. 야근, 대리 출석, 장례식 등등. 이렇게 우리에게 익숙한 알리바이는 원래 '다른 곳'이란 의미로, '다른'을 뜻하는 라틴어 'alius'와 '장소에'라는 뜻의 라틴어 'ibi'가 결합한 합성어 'alibi'의 한글 표기다.

법률 용어로 알리바이는 '현장 부재 증명'이라고 하는데, 무죄를 입증하는 방법 중 하나다. 범죄가 일어난 시점에 피고인 혹은 피의자가 범죄 현장 이외의 장소에 있었다는 사실을 증명할 수만 있다면, 그 피고인 혹은 피의자는 무죄가 되는 것이다.

미스터리 장르에는 반드시 범죄가 존재하며, 이에 따라 범죄가 일어난 시공간, 범행과 범인 또한 필수적으로 따라

붙는다. 당연히 알리바이는 미스터리 소설을 풀어나가는 데 필연적인 요소이며, 수많은 작가들이 가장 즐겨 도전하는 기본 트릭으로 자리하고 있다. 알리바이 트릭은 '범죄를 저지를 수 없는 불가능한 상황'에 초점이 맞춰지기 때문에 안락의자 탐정의 빛나는 이성보다는 경찰이나 탐정의 끈질긴 탐문 수사로 속임수가 밝혀진다. 이를 잘 보여주는 대표적인 작가로는 F. W. 크로포츠와 그 전통을 계승한 니시무라 교타로 등이 있다.

일본 신본격 미스터리의 든든한 기둥인 아리스가와 아리스는 고단샤에서 출간된 초기작 『매직미러(マジックミラー, 1990)』, 제7장 '알리바이 강의'에서 알리바이 트릭을 고의, 착각, 다른 현장, 위조, 시간 트릭, 맹점, 원격, 유도, 독자의 착각 등 총 아홉 가지로 분류해 소개하고 있다. 알리바이란 무엇이고 트릭은 어떻게 사용하는지 직관적으로 보여주는 예라 할 수 있다. 아래에 그 내용을 요약해 소개한다.

1. 증인이 악의를 가진 경우 – 증인이 거짓말을 한 경우

2. 증인이 착각한 경우

　　a. 시간을 착각하는 경우 (시곗바늘 조작이나 날짜, 요일의 착각 유도)

　　b. 위치를 착각하는 경우 (장소, 교통수단의 착각 유도)

c. 사람을 착각하는 경우 (대역)

3. 범행 현장에 착오가 있는 경우 (시체의 이동)

4. 증거물이 위조된 경우 (합성 사진)

5. 범행 추정 시간에 착오가 있는 경우

    a. 실제보다 일찍으로 위장하는 경우

    b. 실제보다 느리게 위장하는 경우

    A. 의학적 트릭 (시체의 냉장이나 가열, 위 속 음식물을 가공)

    B. 비 의학적인 트릭

6. 이동 경로에 맹점이 있는 경우 (시간표, 낙하산과 같은 맹점을 찌르는

    이동 수단)

7. 원격 살인

    a. 기계적 트릭 (시한장치)

    b. 심리적 트릭 (최면)

8. 유도 자살

9. 알리바이가 없는 경우 (알리바이가 있다고 독자가 착각하게 만든다.)

3-6 들어갈 수도 없고 나올 수도 없다 : 밀실

밀실에서 일어난 살인은 고전 미스터리나 본격 미스터리의 가장 높은 경지 같은 느낌이다. 미스터리 소설에서 사건 현장에 도착한 경찰이나 탐정이 '밀실이다!'라고 외치면 독자는 작가의 결의를 순식간에 깨닫고 반사적으로 작가와의 게임을 준비하게 된다.

밀실은 일반적인 의미로 '숨겨진 방'을 뜻하지만, 미스터리 장르에서는 '잠긴 방(locked room)'이라는 의미로 사용된다. 이 잠긴 방의 가장 큰 특징은 나갈 수도 없고 들어갈 수도 없는 '출입의 불가능'에 있다.

등장인물 한 명의 범죄가 불가능하지 않다는 사실에 집중하는 알리바이 트릭에 비해, 밀실 트릭은 좀 과장되게 말하면 온 인류를 대상으로 한 불가능 범죄를 창조하는 작업과 같다. 이처럼 두 트릭의 수준은 사뭇 차이가 크다.

밀실 트릭은 현재 미스터리 장르에서 가장 난이도가 높다. 불가능한 상황을 가능한 상황으로 만들거나 가능한 상황을 불가능한 상황처럼 보이게 하기 위해서는 단순한 아이디어를 넘어서는 정교함이, 그것도 작품의 모든 단계에서 필요하기 때문이다. 혹 검증에 검증을 더해 완벽한 트릭을 만들었다고 해도 넘어야 할 산은 또 있다.

에드거 앨런 포의 「모르그 거리의 살인」 이후 가스통 르루, S. S. 밴 다인, 엘러리 퀸, 존 딕슨 카, 폴 알테르, 에드워드 D. 호크, 요코미조 세이시, 다카기 아키미쓰, 시마다 소지를 위시한 현대 일본 신본격 작가들, 에드 맥베인에다 스티그 라르손까지, 수수께끼를 좋아하는 미스터리 거장들은 시기와 서브 장르에 상관없이 모두 이 주제에 도전해왔다. 결국 아무리 고심해도 이미 공개된 트릭에서 벗어나기 어렵다는 뜻이기도 하다.

현실과 동떨어진 불가능하고 극적인 상황에서 일어나는 범죄와 그 해결은 미스터리 독자들에게 강렬한 쾌감을 선사한다. 밀실의 매력을 포기하지 못하는 작가들은 자신만의 기법을 멋지게 드러내거나 새로운 방향을 가리키기 위해 밀실 살인을 연구하고 체계적으로 분류하는 작업을 진행하곤 했다. 그 작업들은 등장인물의 입을 빌려 작품 속에도 종종 등장했다.

에도가와 란포, 앤서니 바우처, 아마기 하지메, 니카이도 레이토, 마야 유타카, 오오야마 세이이치로 등 다양한 작가들의 사례가 있지만 역시 가장 유명한 건 불가능 범죄의 대가인 존 딕슨 카의 밀실 강의(The Locked Room Lecture)다. 『세 개의 관(1935)』 제17장에서, 탐정 기디온 펠 박사는 자신이 소설 속 인물임을 공공연히 드러내며 독자를 대상으로 밀실 강의를 펼친다. 이 전설의 명작은 2017년 출판사 엘릭시르에서 새롭게 출간됐다. 해당 판본에서 강의의 일부분을 요약해 여기 소개해본다(『세 개의 관』, 존 딕슨 카, 이동윤 옮김, 363~378p).

❶ 실제로 밀실이 존재하고 그곳에서 범행이 이루어졌지만, 살인범은 그곳에서 탈출하지 않았다. 사실은 살인범이 그 방에 없었기 때문이다.

— 살인이 아니라 여러 우발적인 일이 이어져 우연히 살인처럼 보이는 경우

— 본질은 살인이지만 피해자가 자살하거나 사고사를 당할 수밖에 없는 상황으로 내몬 경우

— 방 안의 평범한 가구 같은 곳에 보이지 않도록 미리 설

치해둔 기계적 장치에 의한 살인인 경우

― 자살이지만 살인처럼 보이도록 의도한 경우

― 살인이지만 착각과 연기에 의해 문제가 발생하는 경우

― 밀실 밖에 있던 살인범이 저지른 살인이지만, 살인범은 밀실 안에 있었던 것처럼 보이는 경우

― 살인사건이지만 자살로 보이도록 의도한 경우

❷ 문이 안쪽에서 잠긴 것처럼 조작하는 방법

― 열쇠 구멍에 여전히 열쇠를 꽂아둔 채 조작하는 경우

― 자물쇠나 빗장은 건드리지 않고 그저 바깥쪽에 달린 문의 경첩을 제거하는 경우

― 실을 이용해 빗장을 조작하는 경우

― 걸쇠 아래 무언가를 괴어 놓아서 걸쇠를 조작하는 경우

― 착각을 이용하는 경우

마지막으로, 밀실 살인을 다룬 작품 리스트들을 소개해 볼까 한다. 첫 번째 목록은 불가능 범죄와 단편의 대가인 에드워드 D. 호크가 1981년 영어권 미스터리 관계자와 선정한 15편이다. (2021년 8월 20일 기준으로, 국내 출간 작품은 한국어판 제목으로 표기했다.)

#1 「세 개의 관(1935)」, 존 딕슨 카

#2 「Rim of the Pit(1944)」, Hake Talbot

#3 「노란 방의 비밀(1907)」, 가스통 르루

#4 「구부러진 경첩(1938)」, 존 딕슨 카

#5 「유다의 창(1938)」, 카터 딕슨(존 딕슨 카)

#6 「빅 보우 미스터리(1891)」, 이스라엘 쟁윌

#7 「모자에서 튀어나온 죽음(1938)」, 클레이튼 로슨

#8 「중국 오렌지 미스터리(1934)」 엘러리 퀸

#9 「Nine Times Nine(1940)」, H. H. Holmes

#10 「The Peacock Feather Murders(1937)」, Carter Dickson

#11 「킹은 죽었다(1952)」, 엘러리 퀸

#12 「어두운 거울 속에(1950)」, 헬렌 맥클로이

#13 「He Wouldn't Kill Patience(1944)」, Carter Dickson

#14 「마술사가 너무 많다(1966)」, 랜달 개릿

#15 「Invisible Green(1977)」, John Sladek

다음은 영국 미스터리 작가 에이드리언 맥킨티가 선정한 '밀실 미스터리 베스트 10'이다. 이 리스트는 2014년 영국 「가디언」지에 소개됐는데, 영어로 번역된 시마다 소지의 작품이 포함됐다.

#1 『세 개의 관(1935)』, 존 딕슨 카

#2 『점성술 살인사건(1981)』, 시마다 소지

#3 『La Septième hypothèse(1991)』, Paul Halter

#4 『킹은 죽었다(1952)』, 엘러리 퀸

#5 『노란 방의 비밀(1907)』, 가스통 르루

#6 『빅 보우 미스터리(1891)』, 이스라엘 장윌

#7 『Suddenly At His Residence(1946)』, Christianna M. Brand

#8 『그리고 아무도 없었다(1939)』, 애거사 크리스티

#9 『The Case of the Constant Suicides(1941)』, John Dickson Carr

#10 『월장석(1868)』, 윌키 콜린스

3-7 닫힌 공간에 모두 모여
: 클로즈드 서클

앞서 거듭 이야기했듯 미스터리 장르는 탐정소설에서 범죄소설로 변화했다. 탐정과 수수께끼가 중심인 고전 미스터리를 좋아하는 현대 작가들은 두 가지 방법을 주로 사용한다. 등장인물과 배경을 과거로 옮기거나, 아예 외부와 완전히 차단시키거나.

후자를 흔히 '클로즈드 서클'이라고 하는데, 어떠한 이유로 외부와 차단된 넓은 의미의 밀실을 가리킨다. '눈 속의 산장'이나 '폭풍 속 외딴 섬'도 모두 같은 의미다. 클로즈드 서클은 보통 외부와 연결할 수 있는 수단, 예를 들어 휴대폰 같은 통신 수단이나 외부로 빠져나갈 수 있는 교통수단 등이 자연스럽게 제거된 상태로 제시된다. (범인이 인위적으로 혹은 실수로 없애는 경우도 많다.) 이렇게 닫힌 공간에서 사건이 발생하면 피해자와 범죄자 그리고 목격자가 어쩔 수 없이 한곳에 있게 되는데, 범죄의 모든 요소가 한 지점에 집중되기 때문에 서스펜스의 농도가 급격하게 짙어진다.

클로즈드 서클 구성의 원형이라고 할 만한 작품은 애거사 크리스티의 『그리고 아무도 없었다(1939)』다. 정체를 알 수 없는 작은 섬에 초대된 여덟 명의 남녀와 불과 이틀 전에 고용된 하인 두 명. 저녁 식사가 끝난 뒤 모두가 응접실에 모이자, 갑자기 이상한 목소리가 그들의 죄를 하나씩 폭로한다. 열 명의 남녀는 모두 죄를 저질렀지만 법의 심판을 받지 않은 사람들이었다. 폭풍우 때문에 섬이 고립되고, 그들은 '열 꼬마 병정'이라는 노래 구절에 맞춰 한 명씩 차례로 죽기 시작한다.

그때까지 고립된 장소를 배경으로 한 작품이 없었던 건 아니다. 1933년에 발표한 엘러리 퀸의 『샴 쌍둥이 미스터리』 같은 작품에서는 갑작스러운 산불로 밀실이 만들어진다. 하지만 정교하게 짜인 배경과 구성, 끊임없이 고조되는 서스펜스, 깜짝 놀랄 반전, 여기에 대중적 인기까지, 『그리고 아무도 없었다』를 능가할 작품은 지금도 찾기 어렵다. 이 기념비적인 작품은 당연히 수많은 모방과 헌정, 그리고 아류를 탄생시켰다.

클로즈드 서클은 스릴러의 시간 제한이나 장애나 부상

이 있는 등장인물처럼 서스펜스를 구축하는 기법 중 하나 정도의 무게를 지니지만, 일본에서는 서브 장르처럼 여겨질 만큼 유독 인기가 많다. 그도 그럴 것이, 현재까지 수수께끼 중심의 미스터리에 집착(?)하는 나라는 전 세계에서 일본이 유일하기 때문이다. 그 인기만큼 클로즈드 서클 자체도 고도로 발달돼 있는데, 등장인물을 가두는 방법도 각양각색이다.

섬에 가두거나(『십각관의 살인(1987)』, 『모든 것이 F가 된다(1996)』), 산장에 가두거나(『살인의 쌍곡선(1971)』), 건물에 가두거나(『문은 아직 닫혀 있는데(2005)』), 자연재해나 뜻밖의 재난으로 몰아붙이거나(『월광게임 – Y의 비극 ’88(1989)』, 『가면 산장 살인사건(1995)』, 『별 내리는 산장의 살인(1996)』, 『시인장의 살인(2017)』), 심지어는 가두는 것도 모자라 그 안에서 ‘배틀 로열’을 조장하거나(『인사이트 밀(2008)』), 현실 세계에 존재하지 않는 공간에 데려가 가두는 경우까지 있다(『차가운 학교의 시간은 멈춘다(2004)』, 『클락성 살인사건(2002)』).

작위적인 설정과 독자에게 익숙한 전개라는 한계는 있지만, 클로즈드 서클은 단순한 미스터리 구조를 훨씬 생동감 있게 만들 수 있는 훌륭한 장치다. 이 기법에 능숙한 작가들은 물리적인 밀실뿐 아니라 심리적인 밀실(예를 들어 종교적

신념 때문에 나가지 못하는 공간)까지 동원해 다층적인 클로즈드 서클을 만들어낸다. 또 클로즈드 서클에 대한 독자의 익숙함을 겨냥해 전혀 예상치 못한 열린 공간에서 반전을 끌어오는 사악한(?) 작가들도 있다. 애거사 크리스티가 남긴 이 위대한 유산은 80년 넘게 미스터리 장르를 풍성하게 만들어왔다.

규칙과 반복성이 만들어내는 서스펜스 : 살인 노래와 규칙

3-8

미스터리를 읽다 보면 노래나 동요, 시 등이 나오는 작품들이 심심찮게 발견된다. 독자는 '도대체 왜?'라는 생각이 미처 들기도 전에 자연스럽게 여기에 익숙해지고, 서사구조에 녹아 있는 구절들이 플롯을 진행시킨다는 걸 알게 된다.

흔히 '마더 구스'라 불리는 이런 노래들은 아이들을 위한 시나 노래인 '너서리 라임(nursery rhyme)'의 한 종류로 영어권 아이들이 즐기는 전래동요나 시, 수수께끼 등을 가리킨다. '마더 구스'라는 말의 연원은 17세기 프랑스에서 처음 확인되는데, 17세기에 엘리자베스 구스라는 미국인이 이런 노래들을 정리했다는 설도 있어서 미국에서는 너서리 라임보다 마더 구스란 용어가 더 대중적으로 쓰인다. 마더 구스중에는 사회 상황이나 부조리를 부정적이고 잔인하게 묘사한 것들도 많아 어린이에게 적합하지 않다는 의견이 많다. 기원이야 어떻든, 이 불안한 노래들은 미스터리 작가들을 오랫동안 자극해왔다.

마더 구스를 테마로 한 가장 중요한 작품은 S. S. 밴 다인의 『비숍 살인사건(1928)』이다. 이 작품에는 '누가 울새를 죽였니?(Who killed Cock Robin)'라는 오래된 동요가 등장해 사건을 이끌어간다.

Who killed Cock Robin? (누가 울새를 죽였니?)

Who killed Cock Robin? (누가 울새를 죽였니?)

I, said the Sparrow, (나, 참새가 말했습니다.)

With my bow and arrow,

I killed Cock Robin. (내 활과 화살로 내가 울새를 죽였어.)

Who saw him die? (누가 울새가 죽는 것을 보았니?)

I, said the Fly, (나, 파리가 말했습니다.)

With my little eye,

I saw him die. (내 조그만 눈으로 나는 그가 죽는 것을 보았어.)

'누가 울새를 죽였니?'는 죽은 울새의 장례를 치르는 내용으로, 운율을 맞추기 위한 단어 선택일 수도 있겠지만 첫 구절에 피해자(울새), 범인(참새), 목격자(파리)가 등장한다. 『비숍 살인사건』에 등장하는 범인은 우연히 이 노래에 착안해 활과 화살로 살인을 저지르는데, 점차 노래에 맞춰 범행을 실행해야 한다는 강박에 사로잡힌다.

애거사 크리스티는 마더 구스를 가장 많이 사용한 작가이기도 하다. 『그리고 아무도 없었다(1939)』, 『하나, 둘, 내 구두에 버클을 달아라(1940)』, 『다섯 마리 아기 돼지(1942)』, 『쥐덫(1950)』, 『주머니 속의 호밀(1953)』, 『히코리 디코리 독(1955)』은 모두 마더 구스에서 제목을 따왔거나 그 구절들이 사건의 주요한 배경으로 등장한다. 그 외에도 엘러리 퀸의 『노파가 있었다(1943)』와 『더블, 더블(1949)』은 가장 잘 알려진 마더 구스 미스터리 작품이다.

미스터리 작가들이 이런 노래들을 즐겨 사용한 이유는 문화적인 익숙함 때문이기도 하겠지만, 노래가 주는 독특한 효과 때문이다. 노래나 동요, 시 구절 등은 독자에게 어떤 규칙을 각인시킨다. 독자는 앞서 제시된 구절을 통해 다음 페이지에 일어날 사건을 어렴풋이 짐작할 수밖에 없는데, 이것만으로도 불안과 서스펜스를 일으키는 훌륭한 장치가 된다. 능숙한 작가들은 규칙을 고의로 위반하거나 또 다른 해석을 제시하면서 반전을 이끌어내기도 한다. 그리고 노래는 범인의 광기와 예민한 성격을 드러내는 수단이기도 하다. 평범한 범죄자(?)라면 노래 가사에 맞춰 범죄를 저지르는 괜한 짓을 할 리가 없다.

『키드 피스톨스의 모독(1991)』처럼 마더 구스를 소재로 한 작품도 있지만, 영어권과 달리 일본은 마더 구스가 친숙한 문화권이 아니기 때문에 이를 대신해 전래동요나 시어, 동화 등의 내용대로 살인이 일어나는 비유 살인의 형태로 발전했다. 『악마의 공놀이 노래(1959)』, 『산마처럼 비웃는 것(2008)』, 『키리고에 저택 살인사건(1990)』에서는 동요가 주된 배경으로 등장하며, 『명탐정에게 장미를(1998)』에서는 동화의 내용을 모방한 연쇄살인이 일어난다.

너무 어려우면 곤란하다
: 암호

설리반 섬에 사는 윌리엄 르그랑의 취미는 곤충 채집이다. 어느 날 그는 새로운 종류의 황금벌레를 발견해 낡은 양피지에 조심스럽게 감싸 집으로 돌아오는데, 양피지를 불에 쬐자 알 수 없는 숫자와 기호가 나타난다.

53‡‡†305))6*;4826)4‡.)4‡);80

6*;48†8¶60))85;1‡(;:‡*8†83(88)

5*†;46(;88*96*?;8)*‡(;485);5*†

2:*‡(;4956*2(5*−4)8¶8*;40692

85);)6†8)4‡‡;1(‡9;48081;8:8‡1

;48†85;4)485†528806*81(‡9;48

;(88;4(‡?34;48)4‡;161;:188;‡?;

암호가 가리키는 장소에는 해적 캡틴 키드의 보물이 묻혀 있었고, 윌리엄 르그랑은 '나'에게 암호를 어떻게 해독했는지 상세히 설명한다. 세계 최초의 암호 미스터리로 여겨지는 에드거 앨런 포의 단편 「황금벌레(1843)」의 내용이다.

에드거 앨런 포는 암호에 관심이 있었고 또한 재능도 있었다. 그는 1839년 한 잡지에 수수께끼와 암호에 대한 글을 기고했고, 독자들에게 암호를 보내줄 것을 요청했다. 포는 매달 쏟아지는 암호 대부분을 해독해냈는데, 그 사례를 바탕으로 연구 논문을 발표하기도 했다. 암호가 독자의 관심을 이끌어내는 훌륭한 수단이 될 수 있다고 생각한 에드거 앨런 포는 연구 결과를 담은 단편을 발표한다. 그 작품이 바로 「황금벌레」였다.

「황금벌레」에 쓰인 암호는 단일치환 방식 암호로, 윌리엄 르그랑은 암호에 가장 많이 쓰인 '8'이 영어에서 사용 빈도가 가장 높은 알파벳 모음 'e'라고 가정했다. 여기서 정관사 'the'를 유추해내고, 이어서 계속 추론할 수 있는 단서를 얻어 암호를 해독한다. 이 암호는 셜록 홈즈의 단편 「춤추는 인형」에도 거의 비슷하게 나오는데, 이는 아서 코난 도일이 에드거 앨런 포의 영향을 받았기 때문이다. 셜록 홈즈는 암호에 가장 많이 등장하는 양팔을 벌린 사람 그림을 'e'라고 추론한 뒤 무난하게 문장 전체의 의미를 해독해낸다.

암호(cipher)는 고대 그리스 시대로 거슬러 올라갈 만큼 오랜 역사를 자랑한다. 첩보는 전쟁에서 우위를 차지할 수 있는 가장 강력한 힘이었고, 암호는 그 보안을 위해 반드시 필요한 수단이었다. 제1차대전의 코드북이나 제2차대전의 에니그마 암호 원통처럼, 암호는 전쟁을 통해 크게 발전했다. 현재는 광자 단위에 신호를 담는 양자 암호가 쓰일 정도다.

미스터리 소설에서 암호는 보물의 위치를 가리키거나 스파이들의 연락 수단, 범인들의 메시지, 다잉 메시지 등으로 종종 등장하는데, 탐정의 능력을 보여주거나 작품의 서스펜스를 돋우는 역할을 담당한다. 수많은 암호 중에서도 가장 많이 쓰이는 건 평문과 암호문이 일대일로 대응하는 기본적인 단일치환 방식 암호다. 이는 암호화와 복호화의 과정이 상세하게 설명해야 할 정도로 어려우면 독자가 소외되고 소설의 재미가 떨어지기 때문이다. (예를 들어 2017년에 본격미스터리대상을 수상한 다케모토 겐지의 『루이코 미궁(淚香迷宮)』은 48수의 이로하 노래에 숨겨진 암호를 해독하는 내용인데, 일본어가 모국어인 독자라도 이해하기 까다롭다는 평이 많다.) 암호로 유명한 오스틴 프리먼의 「문자 조합 자물쇠(1925)」, 멜빌 데이비드 포스트의 「대암호(1923)」, 에도가와 란포의 「2전 동화 (1923)」, 고가 사부로의 「호박 파이프(1924)」 같은 작품들은 모두 초기 단편이며, 독자가 이해할 수 있는 범위 내에서 암호가 묘사돼 있다.

암호는 그 고유한 특성 때문에 모험소설에 많이 등장한다. 모리스 르블랑의 『기암성(1909)』과 댄 브라운의 『다 빈치 코드(2003)』는 이 분야를 대표하는 초기와 현대의 작품이다. 이외에도 페니 워너의 『암호 클럽 시리즈(2012~)』는 다양한 암호와 영어덜트 특유의 모험소설 분위기가 잘 어우러진 흥미로운 작품이다.

3-10 정정당당한 게임을 위해 : 독자에의 도전

치열하게 고민하면 괜찮은 트릭이나 멋진 탐정은 생각해 낼 수 있다. 시점과 서사 구조를 잘 알고 있다면 극적인 결말도 만들 수 있다. 하지만 독자에게 공정하게 단서를 제공하는 건 매우 어려운 일이다. 함께 걷는 작가와 독자는 얼마 정도의 거리를 둬야 할까? 독자들은 작가가 지나치게 앞서가면 아예 걷기를 포기하고, 너무 친절하게 뒤처져도 역시 읽기를 포기한다. 적어도 수수께끼 중심 미스터리에서는 이 균형은 작품의 평가와 직접적으로 연결된다.

영어권 황금기 작가들은 기본적으로 미스터리 소설을 독자와 겨루는 게임으로 생각했다. '20칙'을 제안한 S. S. 밴다인처럼 공정한 게임에 극단적으로 집착하는 작가들도 있었는데, 그 직계인 엘러리 퀸은 데뷔작『로마 모자 미스터리(1929)』에서 나름 충격적인(?) 장치를 선보였다. 바로 '독자에의 도전'이다.

독자에의 도전은 해결 부분 직전에 '막간'으로 삽입돼 있으며, 작품 속 화자인 J. J. 맥의 메시지로 등장한다. 글에 등장하는 '엘러리 퀸'은 작가가 자신과 동일한 이름으로 설정한 탐정이다. 내용은 2011년에 출판사 검은숲에서 출간된 판본에서 인용했다(『로마 모자 미스터리』, 엘러리 퀸, 이기원 옮김, 357p).

막간 – 독자의 주의를 환기시키며

요즘 미스터리 소설은 독자가 탐정이 되어 범인을 추리해 보도록 하고 있다. 나는 엘러리 퀸을 설득해 이 『로마 모자 미스터리』에 독자에의 도전을 삽입해도 좋다는 허락을 받았다. '몬테 필드를 죽인 것은 누구인가?', '살인은 어떻게 행해졌는가?' 이제 필요한 사실을 모두 손에 넣었으므로 눈치 빠른 독자는 이쯤 되면 어떤 결론에 도달했으리라 생각한다. 엘러리 퀸도 이러한 생각에 동의하는 바이다. 논리적인 추리와 심리적인 관찰이 수반되었다면, 이제 충분히 범인을 잡아낼 수 있을 것이다. 이 이야기 안에서 내가 등장하는 부분은 이것이 마지막이므로, 나는 여기서 독자 여러분에게 '물건을 살 때는 주의해서 사라!'라는 말을 바꾸어 '독자들이여 주의하라!'라는 말을 바친다.

J. J. 맥

막간이 끝나면 탐정 엘러리 퀸은 마치 독자에게 답을 맞춰보라는 듯, 모든 용의자를 한데 모으고 불가능한 요소를 하나씩 나열하며 용의자를 한 명씩 제거한다. '독자에의 도전'은 작가와 독자 사이의 거리를 아예 없애버리고 발걸음을 맞추자는 작가의 일방적인 제안이라 할 수 있다. '작품 속에서 탐정이 얻은 단서는 독자가 얻은 그것과 같다. 동일한 전제이니 탐정과 한번 승부해보라.'

'독자에의 도전'은 미스터리 소설의 재미를 위한 매우 흥미로운 장치이지만, 엄격하게 살펴보면 일종의 기만이라고 할 수 있다. 소설의 창조주인 작가가 한없이 객관적일 수 있을까? 소설 속 서술이 모두에게 공평할 수 있을까? 탐정이 선택한 합리적인 추리가 독자에게도 마땅히 합리적일까? 텍스트 속에 제아무리 공정하게 정보가 제공된다고 하더라도, 독자는 이성이 아니라 결국 '작가의 태도나 취향'과 겨룰 수밖에 없다.

이런 의문은 작품 속 탐정에게도 마찬가지로 적용되는데, 탐정은 자신이 파악한 정보 이외의 단서가 존재할 수 있다는 사실을 스스로 알 방법이 없다. 문학 교수이자 심리학자인 피에르 바야르는 『셜록 홈즈가 틀렸다(2007)』, 『누가 로저 애크로이드를 죽였는가?(2009)』 등에서 이러한 문제를 언급하며 주관적 읽기의 한계를 지적하기도 했다. 엘러리 퀸 또한 이러한 기법에 부담을 느꼈는지, '독자에의 도전'은 초기 '국명 시리즈'에만 삽입됐고 이후 다시는 사용되지 않았다.

미스터리 장르가 범죄소설로 변화하면서 '독자에의 도전'과 같이 특정한 형식에 맞는 기법은 자연스럽게 사라졌지만, 일본에서는 아직도 활발하게 쓰이고 있다. 물론 신본격 미스터리의 영향이다. 무엇보다 일본은 소위 엘러리 퀸의 후예만 해도 셋이나 존재하는(아리스가와 아리스, 노리즈키 린타로, 아오사키 유고), 전 세계에서 엘러리 퀸을 가장 좋아하는 나라이기도 하다. 국내에 출간된 작품 중에서 '독자에의 도전'이 등장하는 작품을 몇 꼽자면 다음과 같다. 『인형은 왜 살해되는가(1955)』, 『점성술 살인사건(1981)』, 『기울어진 저택의 범죄(1982)』, 『월광게임-Y의 비극 '88(1989)』, 『별 내리는 산장의 살인(1996)』, 『에콜 드 파리 살인사건(2009)』, 『체육관의 살인(2012)』.

PART 4

창작과 평가

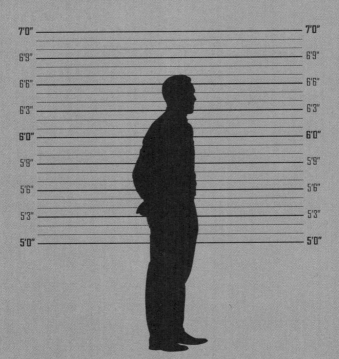

4-1 미스터리 소설은 어떻게 쓸까?

미스터리, 스릴러 작가 지망생들을 만나면 가장 먼저 묻는 질문이 있다. '작품의 목표가 상업성인가요? 아니면 작품성인가요?' 물론 대부분 '상업성'이라고 답하는데, 그들에게는 우리나라에서 미스터리 장르는 쉽지 않다고 솔직하게 말한다. 때로는 장르에 구애받지 말고 다른 장르에 미스터리 장르 요소를 혼용하는 스타일을 권하기도 한다.

우리나라에서 미스터리 작가로 살아가는 건 쉽지 않은 일이다. 스포츠 신문을 비롯해 다양한 등단 기회가 있을 정도로 미스터리 장르가 융성하던 시절(1980~1990년대)도 있었다. 하지만 오래된 성공 공식에 지나치게 의존했기 때문에 눈에 띄는 발전이 없었고, 이에 따라 국내 미스터리는 자연스럽게 통속 소설로 전락했다. 독자들은 한국 미스터리는 뻔하다는 선입견에 강하게 사로잡혔고, 시장은 빠른 속

도로 추락했다.

2000년대 초 팩션 열풍으로 국내 작가들이 다시 조명 받았지만, 동시에 우수한 해외 작품들이 활발하게 유입되면서 한국 미스터리 작가들은 안팎으로 시달리기 시작했다. 좋은 작품이 있어야 시장이 발전한다, 시장이 좋아야 좋은 작품이 나올 수 있다. 이는 닭과 달걀 같은 고리타분한 문제이지만, 아직까지 한국에서 미스터리 작가로 산다는 것은 끊임없이 지속되는 악순환 속에서 발버둥 치는 일과 같다.

이 꼭지는 앞서 나온 질문에 대한 답변으로 '작품성'을 선택한 이들을 위한 글이다. 시장에 이미 훌륭한 장르소설과 시나리오 작법서들이 많이 나와 있기 때문에, 세세한 기법보다는 장르에 충실한 작품을 쓰기 위한 방법에 글의 초점을 맞출까 한다.

기발한 아이디어든, 멋진 등장인물이든, 절묘한 마지막 장면이든, 독특한 배경이든 미스터리 소설 집필의 출발점에 서 있다면 그 지난한 과정의 끝까지 절대 잊지 말아야 할 사실이 한 가지 있다. 이 장르는 범죄를 주된 소재로 삼는다는 점이다. 미스터리 장르 속 범죄는 사회적 의미를 지닌 범죄를 뜻한다. 그러므로 시대 배경이나 등장인물에 따라서 어느 정도 차이는 있겠지만, 수사 방법과 사법 제도, 범죄자의 처우 등 범죄와 연관된 사회 구조를 가능한 한 숙지해야 한다. 미스터리 장르는 어디까지나 현실에 발이 닿아야 한다는 의미다. 판타지나 SF의 설정도 가져올 수는 있지만, 적어도 그 시공간 내에서 완결성과 합리성을 갖추도록 노력해야 한다.

여기까지 준비가 됐다면, 이야기를 담을 그릇을 선택하자. 미스터리 장르 내에는 수많은 서브 장르가 있다. 퍼즐이 효과적인 작품이 있고 사회를 고발하는 데 의의를 두는 작품도 있다. 지정학적 배경이 중요한 스파이 소설도 있고 서스펜스를 계속 만들어야 하는 스릴러도 있다. 현대 미스터리 장르는 사회적 의미를 지닌 범죄를 세 방향(who, why, how)으로 풀어나가는 구성인데, 자신의 이야기가 어떤 방향에 어울리는지 신중하게 고민해야 한다. 보통 스스로 가장 자신 있고 재미있다고 여기는 그릇을 선택하기 마련이겠지만, 독자층과 시장 분석도 (절대) 잊지 말아야 한다. 국내 소설 독자는 여성이 더 많고, 30대 이상 독자가 많으며, 고전 스타일 미스터리는 파이가 작다. 최근 급성장한 웹소설 시장에서 미스터리 장르는 인기가 거의 없다.

미스터리 소설은 다른 장르 소설에 비해 상대적으로 정

교한 플롯이 필요하다. 집필 스타일에 따라 호불호가 갈리겠지만, 될 수 있으면 작품의 결말을 미리 정해두고 플롯을 전개하는 편이 좋다. 결말을 미리 정해두면 작품 속 모든 요소가 통일감 있게 한 지점으로 수렴되며, 미스터리 장르에서 가장 중요한 '논리'를 비교적 손쉽게 획득할 수 있다. 또 독자에게 단서를 주거나 속이기도 보다 손쉬워진다.

이론이야 그렇지만, 보통 집필을 하다 보면 플롯은 끊임없이 덧붙거나 깎여 나가고, 등장인물 또한 설정대로 움직이지 않으며 결말 또한 계속 달라지기 마련이다. 그럼에도 창작자는 가능한 한 이야기가 어디로 향하는지 계속해서 파악해야 한다. 방향을 잃는 순간 작가도, 작품도 길을 잃게 된다.

같은 작품을 두 번씩 읽는 습관은 미스터리 소설 플롯 연습에 가장 효과적인 방법이다. 한 번은 독자로서, 한 번은 창작자로서 읽으면 프로 작가들이 어떻게 감추고, 무엇을 드러내며, 어떤 방향으로 이야기를 이어나가는지 확인할 수 있다.

마지막으로, 미스터리 장르의 기본을 잊지 말자. 독자는 모두 미스터리 장르를 좋아하는 이들이다. 그러므로 독자의 머릿속에 자리한 규칙을 최대한 존중할 필요가 있다. 범죄자는 반드시 글의 초반에 등장하는 편이 좋다. 작가는 독자에게 최대한 정직해야 한다. 결말에는 반전을 설치할 수 있도록 최선을 다하자. 이것들은 미스터리 독자가 감정을 이입하며 끝까지 읽을 수 있는 최소 조건이다.

4-2 가장 중요하지만 자주 잊는 것 : 배경과 분위기

누구나 반할 만한 멋진 등장인물과 논리적으로 흠 없는 완벽한 플롯을 창조했다고 해도, 미스터리 작품이 금세 완성되지는 않는다. 학교에서도 배우는 '소설 구성의 3요소' 중 하나인 배경이 빠져 있기 때문이다.

배경은 좁게는 사건이 일어나는 장소와 등장인물이며, 넓게는 날씨와 같이 작품 속 시공간을 채우는 모든 것이다. 장소 안에 존재하는 등장인물들은 사건의 피해자이자 목격자이며, 그들이 활보하는 현장의 분위기는 플롯을 진행시키는 촉매 역할을 한다.

배경은 때때로 미스터리 작품의 훌륭한 시작점이 된다. 장소, 환경, 분위기. 작가들은 이러한 것들에서 자극을 얻고 소재를 정교하게 다듬으며 이야기를 시작한다.

코난 도일의 『바스커빌 가문의 개(1902)』를 떠올려보자.

갈색 삼림토와 희끄무레한 화강암, 불길한 언덕들로 여기저기 끊긴 우울한 황야, 이끼류와 덩굴에 뒤덮인 음침하고 어둑한 고택. '어두워지면 황무지에 나가지 마라'는 끔찍한 전설과 지옥에서 온 개. 『바스커빌 가문의 개』가 '셜록 홈즈 시리즈' 중 가장 높은 평가를 받고 있는 이유는 다트무어 황무지라는 배경이 작품 속에 잘 녹아든 덕분이다.

보스턴 남부를 밑바닥까지 파고드는 데니스 루헤인이나, 고딕소설 특유의 음울한 그림자를 드리우는 대프니 듀 모리에의 작품들은 탁월한 배경 안에 존재하기에 더욱 빛난다. 꼭 범죄소설이 아니어도 마찬가지다. 아야쓰지 유키토의 '관 시리즈' 같은 경우 현실에 존재하지 않을 법한 인공적인 건축물과 평면도가 등장해 본격 미스터리의 극한 퍼즐이 만들어진다.

작품 속 배경은 사건과 밀접하게 연결돼 있고, 사건 속 인물이나 지역 문화가 사건에 대응하는 방식은 작품의 완성도를 결정하는 중요한 기준이 된다. 미스터리 소설에서 배경이 이처럼 중요한 이유는 사회적 범죄를 주된 소재로 하는 장르 특성 때문이다. 사회 풍경의 재현 자체를 목적으로 하는 풍속소설을 제외하면 미스터리 소설만큼 당대 사회와 문화를 자세하게 그려내는 소설은 없다.

여러 번 강조해도 지나치지 않은 배경은 많은 노력이 필요하기 때문에 미스터리 작가 지망생들이 쉽게 간과하는 부분이기도 하다. 이야기 얼개에 적합한 배경을 머릿속으로만 그리거나 인터넷이나 드라마, 영화 등을 참고해 채우는 사례도 흔하다. 물론 지금처럼 영상이 익숙한 시대에 빅토리아 시대 작가의 태도가 필요한 것까지는 아니다. 하지만 책상 앞에서 만들어낸 배경과 실제로 보고, 걷고, 듣고, 맡고, 느껴서 창조한 배경의 차이점을 독자는 비교적 쉽게 알아챈다.

미스터리 소설에서 깊이 있는 배경을 만들기 위한 방법에는 어떤 것들이 있을까? 여러 글쓰기 도서에서 가장 많이 추천하는 방법은 스스로가 가장 익숙한 장소를 배경으로 선택하라는 것이다. 작가의 고향을 배경으로 하는 데뷔작과 한 지역에서 계속되는 시리즈가 꾸준히 인기를 얻는 걸 보면 나름 효과적인 방법임을 알 수 있다.

매사추세츠주 보스턴 출신인 데니스 루헤인은 태어나고 자란 보스턴 남부를 작품의 주된 배경으로 삼았고, 저널리스트 출신 브루스 디실바는 자신이 가장 잘 아는 지역인 로드아일랜드주 프로비던스를 배경으로 데뷔작 『악당들의 섬(2012)』을 발표해 에드거상을 수상했다. 「LA 타임스」기자 출신 마이클 코넬리의 페르소나 해리 보슈는 로스앤젤레스 경찰이며, 호주 멜버른에서 기자 생활을 한 제인 하퍼는 멜버른에서 다섯 시간 거리에 있는 키와라 마을을 배경으로 한 데뷔작 『드라이(2016)』를 백만 부 이상 팔았다.

영화 인트로처럼 사건이 일어나는 도시나 마을을 천천히 묘사해보는 것은 깊이 있는 배경을 만드는 데 큰 도움이 된다. 클로즈업해서 사건이 일어나는 장소를 그릴 때는 스스로가 장소의 일부가 된 것처럼 세밀하게 관찰하는 태도가 필요하다. 도로 형태, 대중교통, 가게와 사람들, 거리 풍경, 소음, 날씨 같은 세부적인 요소에 집중하면 범죄자나 주인공에 여러 아이디어를 덧붙일 수 있다. 보이스 레코더를 손에 쥐고 걸으면서 마주치는 풍경을 녹음하거나, 사진을 찍거나, 맵 어플리케이션의 거리 뷰 등을 이용하면 배경의 현장감을 글로 가져올 수 있다.

전문적인 직업이나 지식을 가진 캐릭터를 등장시킬 때는 무엇보다 그들이 사용하는 어휘에 익숙해져야 한다. 독자들은 작가의 예상보다 훨씬 다양하다. 전문가도 독자일 수 있다는 사실을 언제나 잊지 말자. 가장 좋은 방법은 역시 직접 만나 취재하는 것이다.

마지막으로 범죄 영상물을 꾸준히 챙겨보자. 시간을 투자할 수 없는 상황이라면 거인들의 어깨에 올라탈 수밖에 없다.

4-3 글쓰기의 시작 : 시점의 선택

'신주쿠 상어 시리즈'로 잘 알려진 일본 미스터리 거장 오사와 아리마사는 자신이 쓴 작법서『팔리는 작가의 모든 기술, 데뷔만으로 만족해서는 안 된다(売れる作家の全技術 デビューだけで満足してはいけない, 2012)』에서 시점에 관한 흥미로운 의견을 피력한 적이 있다. "내가 신인상 심사위원이라면 전지적 작가 시점은 모두 낙선입니다." 당연히 미스터리 소설에 한정된 말이겠지만 호기심이 생길 수밖에 없다. 전지적 작가 시점은 어떤 이유로 미스터리 소설에 맞지 않는 것일까?

미스터리는 전통적으로 작가와 독자의 대결이 펼쳐지는 게임 성격이 짙은 장르이기 때문에 시점이 특히 중요하다. 작가는 독자에게 공정하게 단서를 제공하는 한편 고의로 관심을 흐트러뜨리는 레드 헤링도 설치하는데, 시점은 언제나 그 기법의 중심이 돼왔다.

소설의 시점은 작품 속에서 서술자의 위치 그리고 이야기를 전달하는 방법을 가리킨다. 간단하게 말하면 영상의 카메라와 같다. 창작자는 자신의 등장인물과 이야기를 가장 효과적으로 전달할 수 있는 시점을 선택하고 집필 내내 꾸준히 공을 들여야 한다. 시점에 따라 이야기의 생동감과 재미가 크게 달라지기 때문이다.

시점은 서술자의 위치에 따라 크게 두 가지로 나뉜다. 서술자가 이야기 안에 등장하는 등장인물 중 하나라면 1인칭 시점이며, 서술자가 이야기 밖에 위치하면 3인칭 시점이다. 1인칭 시점은 다시 주인공 시점과 관찰자 시점으로 나뉘고, 3인칭 시점은 다시 전지적 작가 시점과 관찰자 시점으로 나뉜다. 3인칭 전지적 작가 시점은 창작자가 어떤 태도를 취하느냐에 따라 또다시 갈린다. 전지적 서술자가 마치 편집자처럼 논평할 수도 있고, 등장인물의 목소리를 존중하는 중립적인 태도를 취할 수도 있으며, 한 대상만 선택해 전지적 시점으로 서술할 수도 있다. 보통 한 작품에는 하나의 시점이 유지되지만, 여러 가지 시점이 함께 사용되는 작품도 많다.

1인칭 시점은 서술자가 '나'이기 때문에, 독자는 '내'가 바라보는 시각과 해석에 기대어 이야기를 따라갈 수밖에 없다.

1인칭 주인공 시점은 전체를 바라볼 수 없는 독자의 한계를 거꾸로 파고들기 좋고, 그래서 서술 트릭에 자주 쓰인다.

「모르그 거리의 살인」에 적용된 1인칭 관찰자 시점은 미스터리 장르에서 가장 유명한 시점이다. '셜록 홈즈'와 '왓슨'으로 대표되는 이 시점의 장점은 탐정을 더욱 빛나게 한다는 데 있다. 소설의 중심이자 영웅인 탐정의 행동을 너무 빤히 묘사하거나 초조한 속내를 적나라하게 드러낸다면 독자에게 놀라움을 주기 어렵다. 하지만 여기 일반인의 상식을 지닌 '왓슨'을 등장시키면 이 까다로운 문제가 손쉽게 해결된다. 그저 "어떻게 그걸 알았지?"라고 한마디 덧붙여 주면 되는 것이다.

3인칭 관찰자 시점은 서술자가 주관을 배제하고 객관적으로 묘사하기 때문에 독자마다 다른 해석을 이끌어낼 수 있다. 창작자의 재능에 달려 있겠지만, 잘 쓰인 관찰자 시점은 영상 같은 실감 나는 느낌을 준다.

고전소설에서 자주 사용된 전지적 작가 시점은 창작자에게 신과 같은 자유를 부여하지만, 자칫하면 독자의 상상력을 제한할 수도 있다. 독자의 관심을 돌리는 레드 헤링은 바로 이 상상력을 이용하기 때문에 전지적 작가 시점은 전통적인 미스터리와는 잘 어울리지 않는 편이다. 전지적 작가 시점은 스파이 소설, 정치 스릴러나 다른 세계관을 선택한 작품들처럼 등장인물의 제한된 시선만으로는 배경 파악이 쉽지 않은 작품에 주로 사용된다. 독자에게 호기심을 주기보다 독자를 빠르게 이야기 속으로 확 끌어당기기 위해서 필요한 시점인 것이다.

퇴고를 할 때, 작품 속 인물이 잘 드러나지 않거나 이야기가 왠지 더디게 느껴진다면 시점을 다시 한 번 고민할 필요가 있다. 또 시점은 글쓰기의 시작점이기도 하다. 한마디로 작품을 채우는 모든 것이 시점이라는 카메라 위치를 통해 결정된다.

시점 활용에 익숙해지려면 역시 다양한 작품을 읽고 분석해보는 것이 효과적이다. 분위기와 묘사까지 한데 모아 연습하고 싶다면 다음 방법을 활용해보자. 구체적인 장면을 설정하고(예를 들어 살인자, 피해자, 목격자가 함께 있는 사건 현장이나 경찰이 사건 현장에 천천히 도착하는 장면 같은) 이를 1인칭과 3인칭으로 묘사해본다.

주변인의 도움을 받는 것도 좋다. 특정한 상황에 있는 구체적인 인물을 1인칭으로 묘사한 다음, 글을 건네고 질문을 던져보는 것이다. '이 사람의 나이와 성별은 무엇이고 지금 무엇을 하는가?' 같은. 상황과 인물은 독특할수록 좋다.

4-4 레퍼런스
: 창작자에게 필요한 도서

 장르의 핵심은 규칙이다. 그리고 그 규칙은 창작자와 소비자가 의식적 또는 무의식적으로 공유한다. 장르의 규칙은 구매 전 단계부터 강력한 영향력을 발휘하기 시작하는데, 독자는 자신이 구입하는 도서가 장르의 규칙을 준수하고 또 익숙한 즐거움을 줄 것을 기대한다.

 당연히 장르의 창작자라면 해당 장르의 규칙을 충분히 이해하고 그 기반 위에서 글을 써나가야 한다. 많은 작품을 읽고 곱씹으며 규칙을 익히는 것이 가장 바람직하지만, 조금은 쉽게 갈 수 있는 길이 없진 않다. 여기 미스터리 장르에 익숙해지고 창작에 도움이 될 만한 다양한 레퍼런스를 소개한다. (절판된 도서가 제법 있지만, 도서관을 이용하거나 중고로 구할 수 있는 책들이다.)

1. 미스터리 일반

『블러디 머더』, 줄리언 시먼스, 을유문화사

작가이자 평론가인 줄리언 시먼스의 장르 안내서. 제법 오래 전인 1993년에 출간됐고, 영국 위주라는 태생적 한계가 있긴 하지만, 지금까지 우리나라에 출간된 개론서 중 영어권 미스터리 장르를 역사적으로 파악하기에 가장 좋은 책이다. 줄리언 시먼스는 어디까지나 애호가의 입장이라고 강조하지만, 장르의 변화를 정확하게 짚어낸다.

『범죄소설』, 존 스캐스, 서울대학교출판문화원

영문과 교수인 존 스캐스의 장르 분석서. 범죄를 다룬 이야기가 시대를 거치며 어떻게 자리 잡았고 또 사회와 문화에 어떤 영향을 끼쳤는지 분석한 책이다. 존 스캐스는 '초기 범죄 서사' '미스터리와 탐정소설', '하드보일드', '경찰소설', '범죄 스릴러', '역사 미스터리'로 하위 장르를 구분하고 있다. 2005년에 발간된 책이라 비교적 최근 경향을 확인할 수 있다는 장점이 있다.

『즐거운 살인』, 에르네스트 만델, 이후

정통 마르크스주의 경제학자 에르네스트 만델의 범죄소설에 대한 사회학적 연구. 만델은 대중의 욕구를 충족시키는 범죄소설이 부르주아 사회 구조의 변화와 어떻게 연관돼 있는지 차근차근 분석한다. 미스터리 장르의 핵심이라고 할 수 있는 '사회적 범죄'의 의미를 확인할 수 있는 중요한 책이다.

『하드보일드 센티멘털리티』, 레너드 카수토, 뮤진트리

이 책의 부제는 '20세기 미국 범죄소설사'다. 보통 '미스터리'나 '추리소설' 하면 탐정과 수수께끼가 등장하는 영국식 미스터리를 떠올리기 마련이지만, 하드보일드에서 시작된 '미국식 미스터리'가 시장에서 차지하는 비중은 실로 엄청나다. 레너드 카수토는 중산층 가정의 이상주의를 미국 범죄소설의 핵심으로 파악하고, 터프한 탐정과 연쇄살인범의 원형을 추적해간다.

2. 법의학

『총기백과사전』, 마틴 J. 도허티, 휴먼앤북스

창작에 총기를 등장시키거나 스릴러(특히 미국 작품)를 깊이 있게 읽기 위해서는 총기의 제원과 작동 방식에 대한 지식이 어느 정도는 필요하다. 하지만 막상 찾으려 하면 또 찾기 어려운 자료가 바로 총기 관련 자료다. 『총기백과사전』은 초기 화승총부터 현대의 다양한 화기들을 컬러 화보와 함께 소개한다. 밀리터리 매니아보다는 일반인에게 적합한 책이다.

『살인의 현장』, 브라이언 이니스, 휴먼앤북스

시체가 등장하는 현대 미스터리 작품이라면, 반드시 과학수사 절차와 지식이 반영돼야 한다. 미국 상황에 맞춰져 있긴 하지만 『살인의 현장』에는 신원 확인, 증거 수집, 사망 시각 추정, 사망 원인 확인, 범인 식별, 범인 심리, 법정 증언까지 법의학의 거의 모든 분야가 망라돼 있다. 수백 장의 컬러 사진과 다양한 실제 사례들이 함께 수록돼 있어 흥미진진하게 읽힌다.

『타살의 흔적』, 국립과학수사연구소 법의관·강신몽 공저, 시공사

한때 드라마 〈CSI〉의 인기와 함께 국내에 다양한 법의학 교양서들이 번역, 소개됐다. 대부분 다소 오래된 사례에 치우쳐 있는 것과 달리, 『타살의 흔적』은 우리가 신문 사회면에서 접하고 기억할 법한 실제 사례를 들어 다양한 법의학 지식을 소개한다. 선정적이고 기이한 사건뿐 아니라 수사 체계나 검시 제도에 대한 문제점들도 담겨 있기에 그만큼 현실적으로 다가온다.

『미스터리 작가를 위한 법의학 Q&A』, D. P. 라일, 들녘

범죄 드라마 자문의사 경험이 있는 심장전문의 D. P. 라일의 법의학 교양서. 실제 창작자의 '순수한' 질문에 답하는 형식이어서, 정말 다양한 사례를 확인할 수 있다. 별의별 방법으로 자신의 등장인물을 죽이고 싶어 하는 창작자들과 그들이 만든 세계관을 존중하며 어디까지나 전문적인 충고를 잊지 않는 저자의 문답이 정말 재미있다.

3. 범죄 심리

『진단명 : 사이코패스』, 로버트 D. 헤어, 바다출판사

1999년에 미국에서 발간된 이 책은 사이코패스, 즉 반사회적 성격 장애자들에 대한 첫 전문 저술로 알려져 있다. 저자 로버트 D. 헤어는 25년간 임상에서 수집한 피해자의 사례를 통해, 사이코패스의 정신병질(사이코패시)을 분석한다. 범죄자가 아니라 우리가 일상에서 얼마든지 만날 수 있는 '화이트컬러 사이코패스'에 대한 설명은 현대를 살아가는 우리와 닮아 있어 섬뜩한 데가 있다.

『마인드 헌터』, 존 더글러스·마이크 올셰이커, 비채

연쇄살인범에 대한 개념조차 없던 시절, FBI 사상 처음으로 프로파일링의 개념을 도입한 제1호 프로파일러 존 더글러스의 회고록. 직접 경험한 연쇄살인 사건 사례와 전설적인 연쇄살인범들과의 면담, 프로파일링 수사 기법의 창안 등이 흥미진진하게 기록돼 있다. 『마인드 헌터』는 2006년에 출간됐으나 절판됐고, 넷플릭스 드라마의 인기로 2017년에 다시 새로운 판본이 출간됐다.

4. 창작

『미스터리를 쓰는 방법』, 미국추리작가협회, 로렌스 트리트 엮음, 모비딕

MWA의 창립 멤버인 로렌스 트리트가 편집자로 참여한 미스터리 작법서. '왜 쓰는가'라는 근원적인 질문에서부터 '상투성 피하기' 같은 구체적인 작법까지, 로렌스 트리트는 MWA 회원들에게 총 28개의 질문을 던져서 하나하나 정성스레 정리했다. 미스터리 장르의 창작자뿐 아니라 독자들에게도 매우 유용한 책이다.

『Now Write 장르 글쓰기 3 : 미스터리』, 루이즈 페니 외, 셰리 엘리스·로리 램슨 엮음, 다른

루이즈 페니를 비롯해 영어권 미스터리 작가 80여 명이 참여한 미스터리 작법서. '자료 조사의 기술'부터 시작해 '서두와 전개', '플롯과 긴장', '탐정 주인공', '인물과 관계', '문체, 시점, 대화', '배경과 분위기', '동기와 증거', '범죄 장면', '퇴고', '시리즈물 기획'으로 마무리된다. 목차를 보면 알 수 있듯 창작자에게 매우 구체적이고 실용적인 조언을 주는 작법서다.

『아리스가와 아리스의 밀실 대도감』, 아리스가와 아리스·이소다 가즈이치, AK 커뮤니케이션즈

본격 미스터리 작가 아리스가와 아리스와 일러스트레이터이자 그래픽 디자이너인 이소다 가즈이치가 함께한 밀실 작품 해설서. 아리스가와 아리스가 동서양의 밀실 미스터리 41편을 소개하고 이소다 가즈이치가 각 작품의 밀실 현장을 그림으로 옮겼다. 아리스가와 아리스는 충실한 본격 미스터리 작가답게 작품의 트릭을 절대 밝히지 않는다. 스포일러는 없으니 안심하고 보자.

『죽이는 책』, 존 코널리·디클런 버크 엮음, 책세상

총 20개국, 119명의 현직 작가가 참여한 서평집이다. 작가들은 '가장 사랑하는 단 한 편'의 작품을 추천했고, 여기에 엮은이 존 코널리와 디클런 버크가 한 편씩을 더 소개해, 『죽이는 책』에는 총 121권의 작품이 채워졌다. 목록에 있는 작품을 한 권씩 읽고 바로 서평을 읽어보자. 아마 가장 바람직한 독서 경험이 아닐까.

4-5　미스터리 장르의 평가 기준

　지금은 중고로밖에 구할 수 없지만, 1991년에 출간된 『이상우의 추리소설 탐험』은 당시에 보기 드문 책이었다. 총론과 작법을 포함해 다양한 캐릭터들까지 함께 소개된 일종의 추리소설 백과사전이었는데, 마지막 챕터에 '엘러리 퀸의 채점표'라는 흥미로운 꼭지가 있었다. 꼭지에 따르면, 엘러리 퀸은 미스터리 작품을 평가하는 기준으로 다음 항목을 꼽았다.

1. 구성
2. 서스펜스
3. 의외로운 결말
4. 해결 방법의 합리성
5. 문장

6. 성격 묘사

7. 무대

8. 살인의 방법

9. 단서

10. 독자와의 대결

엘러리 퀸 중 한 명인(엘러리 퀸은 사촌형제의 공동 필명이자 작품 속에 등장하는 탐정의 이름이기도 하다.) 프레더릭 다네이는 뛰어난 편집자이자 비평가였고 미스터리 서지학자이기도 했다. 몸에 밴 편집자적 습관 때문인지 그는 이 평가 기준으로 잘 알려진 고전들의 점수를 매겼다. 항목은 총 10개, 각 항목당 10점이니 총 100점 만점이다. 에드거 앨런 포의 「모르그 거리의 살인」은 86점, 애거사 크리스티의 『애크로이드 살인사건(1926)』은 79점, S. S. 밴 다인의 『그린 살인사건(1928)』 역시 79점을 줬다. 점수대에 대한 설명도 있다. '60점을 넘으면 가작, 85점 이상은 걸작, 90점을 넘으면 고전.'

항목들을 찬찬히 살펴보면 '구성'과 '서스펜스', '문장', '성격 묘사', '무대'는 작품성과 연관된 항목들이다. '의외로운 결말', '해결 방법의 합리성', '살인의 방법'은 장르 본연의 특성을 반영한 잣대라는 것을 알 수 있다. 눈에 띄는 항목은 '단서'와 '독자와의 대결'인데, 이는 공정함에 집착하는 게임을 염두에 둔 항목들이다.

엘러리 퀸의 채점표는 어디까지나 수수께끼 중심의 미스터리를 대상으로 한다. 넓게 보면 미스터리 장르는 탐정소설에서 범죄소설로 변화했고, 게임에 강박적으로 집착하는 작품은 요즘은 더더욱 찾기 어렵다. 엘러리 퀸의 채점표로 현대 작품을 평가하는 건 애초에 맞지 않는 옷을 정성 들여 만드는 일과 비슷하다.

그렇다면 좋은 미스터리와 그렇지 않은 미스터리를 평가하는 새로운 기준에는 어떤 것들이 있을까? 현재 미스터리 장르의 넓은 영역을 아우르려면 보다 구체적인 잣대가 필요하고 서브 장르에 따라 항목을 달리해야 함이 옳다. 미스터리 장르를 크게 '수수께끼 중심의 탐정소설'과 '동기 중심의 범죄소설'로 나누고 그에 맞는 평가 기준을 간략하게 정리해봤다.

1. 수수께끼 중심의 탐정소설의 평가 기준

1순위 : 구성

2순위 : 논리

3순위 : 시점의 사용

4순위 : 등장인물

5순위 : 공정함

6순위 : 문장력

7순위 : 자료 조사

8순위 : 재해석

9순위 : 정치적 올바름

10순위 : 장르 이해도

2. 동기 중심의 범죄소설의 평가 기준

1순위 : 구성

2순위 : 등장인물

3순위 : 문장력

4순위 : 배경

5순위 : 자료 조사

6순위 : 결말

7순위 : 상업적인 고려

8순위 : 시점의 사용

9순위 : 정치적 올바름

10순위 : 장르 이해도

먼저 공통 항목을 살펴보자. 수수께끼가 중요한 탐정소설이든, 동기가 중요한 현대 범죄소설이든, 질주하듯 사건이 진행되는 스릴러든, 미스터리 장르에서 가장 중요한 것은 결국 '구성'이다. 그리고 구성의 진행 과정은 가능한 한 '논리적'이어야 한다. '시점 사용'은 트릭과 같은 기법을 텍스트로 옮기는 데 가장 중요한 기술이며, '등장인물'과 '문장력'은 소설이 갖춰야 할 기본적인 덕목이다. 또 동시대를 사는 독자들을 대상으로 하는 만큼 '자료 조사'는 최대한 충실해야 한다. 머릿속에서 써내려간 작품과 발로 써내려간 작품은 그 차이가 확연하게 드러나기 마련이다. 범죄를 다루는 장르이기에 '정치적으로 올바른' 태도가 필요하며, 필수적이진 않지만 장르에 익숙한 독자들을 설득할 만한 '장르 이해도'를 보여준다면 더 좋은 평가를 받을 수 있다.

수수께끼 중심인 탐정소설의 평가 기준에는 '논리', '공정함', '재해석' 항목이 필요하다. 모든 요소가 결말로 수렴되고 놀라운 반전을 꿈꾸는 이런 유의 작품들은 더 논리적이고 더 공정할수록 더 좋은 작품이 된다. 또 장르 특성상 고전 클리셰를 이용할 수밖에 없는데, 신선한 재해석은 작품의 가치를 더욱 높여준다.

범죄소설의 평가 기준에는 '배경', '결말', '상업적인 고려'

항목이 추가된다. 범죄소설에서 배경은 어조를 비롯한 작품 전체 분위기를 결정하는 데 매우 중요한 역할을 하며, 결말에 어떤 메시지를 담고 어떻게 보여주느냐에 따라 독자의 평가가 갈린다. 영상화를 고려한 장면 설계나 시리즈 캐릭터와 같이 상업성을 고려한 장치는 작가의 영리함을 보여주는 요소다.

장르소설을 둘러싼 환경은 불과 10여 년 만에 급격하게 바뀌었다. 모바일을 기반으로 한 '웹소설'의 등장 때문이다. PC통신 시절 이래 '인터넷 소설'이라 불렸던 갈래들이 없었던 건 아니지만, 이들은 어디까지나 무료 연재였고 종이책을 위한 예비 단계 정도였다. 하지만 웹소설을 서비스하는 플랫폼들이 비즈니스 모델을 적극적으로 도입하고 웹툰이나 드라마 등 미디어믹스를 통한 성공 모델이 등장하면서, 웹소설은 이미 사라진 도서대여점 시장과 종이책 장르소설 시장을 훌쩍 뛰어넘는 하나의 산업으로 성장했다.

장르소설 시장 전반을 웹소설이 장악하면서, 모바일에서 회 단위로 결제되는 특징 때문에 웹소설의 '글'은 직관적으로 이해할 수 있는 가독성이 가장 중요한 기준이 됐다. 또 플롯의 정교함보다 회 단위의 유기적인 서사 구조가 훨씬 중요해졌는데, 웹소설 시장에서 인기를 얻고 있는 현대 로맨스나 BL, 로맨스 판타지, 게임 기반의 한국식 이세계물 등은 이런 특징이 잘 반영된 장르라고 할 수 있다.

미스터리는 웹소설 시장과 가장 거리가 먼 장르다. 정교한 플롯이 중요하고 독자와의 게임을 원하는 장르가 스낵 컬처로 소비되기는 참으로 어려운 일이다. 물론 반전과 같은 미스터리의 플롯 구조나 스릴러 특유의 서스펜스는 다른 장르에 쉽게 녹아들지만, 온전히 미스터리나 스릴러만으로 채워진 웹소설 플랫폼의 카테고리는 거의 찾아보기 어렵다. 종이책 시장은 그래도 매년 250종 이상의 소설이 꾸준히 출간되지만, 번역서가 대부분이어서 국내 미스터리가 설 자리는 그리 넓지 않다.

미스터리 작가가 되고자 마음먹었다면 가장 먼저 마주해야 하는 건, 안타깝지만 이처럼 척박한 시장이다. 미스터리 장르 서사나 플롯 구조는 다른 장르와 섞여 IP(Intellectual Property, 지적재산권)의 가치를 높여주곤 하지만, 장르에 충실한 미스터리 소설 한 권을 시장에 내미는 일은 결코 쉽지 않다. 또 무사히 출판했다 하더라도 시장에서 마케팅 기회를 얻기란 역시 쉽지 않다. 그래도 각고의 노력으로 이제 막 탈고한 미스터리 원고를 손에 쥐고 있다면 해볼 수 있는 일은 몇 가지가 있다.

먼저 한국추리작가협회에서 주최하는 '계간 미스터리 신인상'에 투고하는 방법이 있다. '단편 추리소설', '중편 추리소설', '추리소설 평론' 세 분야에서 모집하며 단편은 80매 안팎, 중편은 250~300매 안팎, 추리소설 평론은 80매 안팎으로 우리나라 추리소설을 대상으로 해야 한다. '계간 미스터리 신인상'은 이메일(mysteryhouse@hanmail.net)로 수시 접수하며, 수상작은 「계간 미스터리」에 게재되고 수상자는 소정의 원고료와 상패를 받고 한국추리작가협회 정회원이자 기성 작가 대우를 받게 된다. 협회에서 주관하는 '한국추리문학상' 등 상세한 정보는 협회의 홈페이지(mystery.or.kr)에서 확인할 수 있다.

문학동네의 임프린트 엘릭시르에서 발행하는 격월간지 「미스테리아」에서도 매년 작품을 모집한다. 분야는 장편과 단편, 비평 세 분야이며 장편 수상작은 출간 기회를 얻는다. 역시 상세한 설명은 출판사 홈페이지(mysteria.co.kr)에서 확인할 수 있다.

분야가 조금 다르긴 하지만, 웹소설 마켓인 카카오페이지와 CJ ENM이 함께 진행하는 '추미스 공모전'도 있다. 매년 개최되는 '추미스 공모전'은 IP의 영상화를 목표로 하며, 작년에는 중편 부문이 신설되고 스튜디오드래곤이 참여해 영화뿐 아니라 드라마화의 가능성도 열어놓았다. 2021년 '추미스 공모전'의 총상금은 6천5백만 원으로 상당히 규모가 큰 공모전이며, 플랫폼 특성상 19금 작품은 응모할 수 없다.

공모전 응모뿐 아니라 전통적인 출판사 원고 투고도 해볼 만한 방법이다. 지난 2년간 국내 창작 스릴러를 가장 많이 출간한 출판사는 영상화 원작소설을 발굴하는 고즈넉이엔티이며 시공사, 황금가지, 책과나무, 들녘, 몽실북스, 엘릭시르 등 다양한 출판사에서 꾸준히 국내 작품을 출간해왔다. POD(Print on demond, 주문형 도서 출판) 등을 이용해 자체 출판을 해볼 수도 있지만, 아무래도 편집과 마케팅 기회를 얻을 수 있는 출판사를 통하는 것이 바람직하다.

마지막으로 연재 플랫폼을 통해 데뷔하는 방법이 있다. 연재는 그 특성상 독자의 반응을 즉시 확인할 수 있지만, 그만큼 치열하게 경쟁해야 한다. 앞에서도 언급했듯 웹소설의 문법을 따르며 미스터리 장르의 장점을 살리기는 꽤 까다로워서, 대부분 플랫폼에서 미스터리 장르를 방치하고 있기도 하다. 그나마 가장 많은 미스터리, 스릴러 작품이 연재되고 독자층이 모여 있는 곳은 출판사 황금가지에서 운영하는 브릿G(britg.kr)라고 할 수 있다. 이외에 대표적 인 연재 플랫폼인 문피아(munpia.com)에는 SF, 호러, 미스터 리 등 마이너 장르 작품들이 다수 연재되고 있다.

PART 5

정보

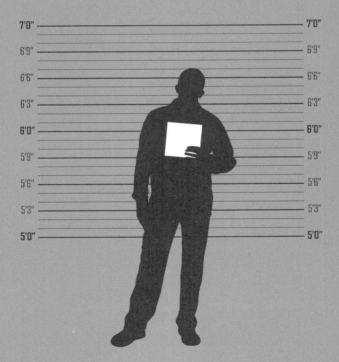

5-1 읽을 만한 가치가 있는가?
: 세계 3대 미스터리

'세계 3대'라는 수식어만큼 솔깃한 표현은 또 없다. 세계 3대 관광지라면 당연히 가봐야 할 것 같고, 세계 3대 진미라면 반드시 먹어야 할 것 같지 않은가. 이 '세계 3대'는 무언가 대단함을 강조할 때 흔히 쓰이는 수식어긴 하지만, 딱히 객관성과 신뢰성을 전제로 한 표현은 아니다. 규칙과 기록이 존재하거나 전문 기관의 공인이 있지 않은 이상, 대부분 호사가들의 그럴 듯한 이야기에 불과하다.

미스터리 장르에도 '세계 3대'라는 수식어가 붙는 작품들이 있다. 사정이야 어쨌든 '세계 3대 미스터리'는 오랫동안 장르에 관심을 갖게 해주는 입문서 역할을 담당해왔고, 지금까지도 많은 독자들의 관심을 불러일으키고 있다.

첫 번째 작품은 코넬 울리치가 윌리엄 아이리시 명의로 출간한 『환상의 여인(1942)』이다. '밤은 젊고 그도 젊었다. 밤의 공기는 달콤했지만 그의 기분은 씁쓸했다.'라는 인상적인 첫 문장으로 시작되는 바로 그 작품이다. 아내에게 이혼을 요구하다 크게 싸운 스콧 헨더슨은 우연히 낯선 여인을 만나 시간을 보낸다. 집으로 돌아온 그가 발견한 건 살해당한 아내. 범인으로 몰린 스콧은 알리바이를 증명하려 낯선 여인과 함께한 장소를 찾아다니지만, 무슨 까닭인지 그들은 여인을 전혀 기억하지 못한다. 『환상의 여인』은 독자를 확 잡아끄는 구성과 우울하고 환상적인 분위기를 내내 유지하는 코넬 울리치의 빼어난 문장이 인상적인 작품이다.

두 번째 작품은 엘러리 퀸이 드루리 레인이란 이름으로 출간한 『Y의 비극(1932)』. '나를 아는 모든 이에게, 나는 완전히 정상적인 정신 상태에서 자살하는 바이다.' 2월 뉴욕 로어 만의 차가운 바닷물 속에서 발견된 요크 해터의 시체와 유서. 장례식 이후 미치광이 집안이라 불리는 해터가에서는 기분 나쁜 살인의 징후가 끊임없이 일어난다. 『Y의 비극』은 고전 미스터리의 형식미를 완벽하게 보여주는 작품이며, 충격적인 반전과 비극을 암시하는 결말로 엘러리 퀸의 작품들 중 가장 많은 사랑을 받았다.

마지막 작품은 애거사 크리스티가 가장 고심해서 집필했다는 『그리고 아무도 없었다(1939)』다. 이 작품은 이미 앞에서 상세히 설명했다. 또 딱히 설명할 필요가 없을 만큼 일반 독자들에게도 잘 알려져 있으며, 더 나아가 장르 전체에 큰 영향을 끼친 작품이다.

세 작품 모두 걸작의 반열에 오를 만한 훌륭한 고전임은 틀림없지만, 역시 '세계 3대'라는 수식어가 다소 모호해 보이는 것도 사실이다. 모두 발표된 지 70년 이상이 지났고, 그동안 장르는 지나치게 많이 변했으며, 셀 수 없을 만큼 많은 작품이 출간됐기 때문이다.

'세계 3대 미스터리'라는 순위는 어디서 유래했을까? 그 휘황찬란한 수식어가 언제 어디서부터 사용된 건지 정확히 알 수는 없지만, 일본에서 유래한 것만은 분명하다. 아시아권 나라가 그렇듯 우리나라 또한 오래전부터 일본 미스터리의 영향 아래 있었고, '세계 3대'는 일본에서 무언가 대단한 것을 이야기할 때 습관적으로 사용하는 용어이기 때문이다.

일본판 「히치콕 매거진」의 설문조사 등 세 작품들이 상위권에 랭크된 여러 리스트가 있지만, 가장 유력한 출처는 1975년 「주간 요미우리」 설문조사다. 당시 가장 많은 500여 명의 독자가 참여해 외국 미스터리 작품에 20위까지 순위를 매겼는데, 『Y의 비극』이 1위, 『그리고 아무도 없었다』

가 2위, 『환상의 여인』이 3위를 차지했다. 나머지 20위까지의 순위는 아래와 같다.

#4 『통(1920)』, F. W. 크로포츠

#5 『애크로이드 살인사건(1926)』, 애거사 크리스티

#6 『기나긴 이별(1953)』, 레이먼드 챈들러

#7 『붉은 머리 가문의 비극(1922)』, 이든 필포츠

#8 『비숍 살인사건(1928)』, S. S. 밴 다인

#9 『그린 살인사건(1928)』, S. S. 밴 다인

#10 『노란 방의 비밀(1908)』, 가스통 르루

#11 『지푸라기 여자(1956)』, 카트린 아를레

#12 『이집트 십자가 미스터리(1932)』, 엘러리 퀸

#13 『웃는 경관(1968)』, 마이 셰발·페르 발뢰

#14 『죽음의 키스(1953)』, 아이라 레빈

#15 『X의 비극(1932)』, 엘러리 퀸

#16 「모르그 가의 살인(1841)」, 에드거 앨런 포

#17 『오리엔트 특급 살인(1934)』, 애거사 크리스티

#18 '셜록 홈즈 시리즈(1887~1927)', 아서 코난 도일

#19 '브라운 신부 시리즈(1911~1936)', 길버트 키스 체스터튼

#20 『도버4/절단(1967)』, 조이스 포터

이들 작품은 모두 국내에 발간됐는데, 정식 계약돼 재출간된 작품도 있지만 모두 옛 '동서추리문고'에 수록됐던 작품들이다. (1977년 완간된 동서추리문고는 2003년 동서미스터리북스로 재출간됐다.) '동서추리문고' 목록은 '하야카와 문고(早川文庫)'의 목록을 참고해 만들어졌는데, 그 당시 일본 독자들 역시 하야카와 문고를 통해 서양 미스터리를 접했을 터이니 결국 '세계 3대 미스터리'는 작품의 객관적인 평가와 관계없이 1970년대 일본의 미스터리 독자들에게 인기 있는 외국 작품들이었음을 알 수 있다.

그렇다면 세계 3대 미스터리는 오늘날에도 읽을 만한 가치가 있을까? 이 질문에는 망설임 없이 '그렇다'라고 답할 수 있다. 모두 미스터리 장르의 원형을 잘 간직하고 있으며, 현대 범죄소설에 다양한 영감을 불어넣은 작품들이기 때문이다.

5-2 역시 읽을 만한 가치가 있는가?
: 일본 미스터리 3대 기서

우리나라에서 미스터리 장르 입문서로 가장 좋은 작품은 역시 '셜록 홈즈 시리즈'다. 종이책, 전자책 할 것 없이 다양한 판본이 출간돼 있고(9권 전집을 9천 원에도 구매할 수 있다.) 작가의 전기는 물론 해설서, 다양한 2차 창작까지 있어 즐거움의 무한한 확장이 가능하다. '셜록 홈즈 시리즈'는 초기 미스터리 형식을 황금기로 연결해주는 다리 역할을 하고 있어, 역사적으로 봐도 입문서로는 가장 적합한 작품이라고 할 수 있다.

셜록 홈즈를 접한 이후 입문자의 취향은 대개 두 가지로 갈린다. 애거사 크리스티의 작품을 읽고 영어권 미스터리에 흥미를 갖거나, 히가시노 게이고와 같은 일어권 베스트셀러로 가지를 뻗는다.

이 지점에서 멈추지 않은 독자들은 비로소 입문의 단계

를 벗어나 다양한 서브 장르를 경험하며 장르 규칙의 세부를 익히고 취향에 맞는 작품을 선택하게 된다. 여기서 더 나아가면 이른바 마니아의 길을 걷게 된다. 마니아들은 장르를 역사적으로 파악하고 스스로 체계를 세워 미스터리를 읽는다.

'미스터리 마니아'의 삶에 슬슬 익숙해지면 반드시 마주하게 되는 작품들이 있는데, 바로 일본의 3대 기서다. '중국의 4대 기서'에서 알 수 있듯 '기서(奇書)'란 원래 뛰어나게 재미있는 고전 소설을 뜻한다. 반면 '일본 미스터리 3대 기서'는 재미보다 기이함의 의미가 훨씬 강하다. 이들 작품은 매우 읽기 까다롭고 미스터리 장르 자체를 부정하는 안티 미스터리의 성향이 강해, 그야말로 기이한 작품들로 손꼽힌다. '일본 미스터리 3대 기서'를 모두 읽기 위해서는 상당한 인내심과 시간 그리고 장르에 대한 강한 애착이 필요하다.

먼저 오구리 무시타로의 『흑사관 살인사건(1934)』은 기이한 추문이 끊이지 않는 '흑사관'에서 일어나는 연쇄살인을 다룬 작품으로, 구성 자체는 S. S. 밴 다인의 작풍과 매우 비슷하나 문제는 2중, 3중으로 감싼 현학성이다. 신비주의, 점성술, 신학, 종교학, 약학, 의학, 물리학, 심리학, 암호학 등을 종횡무진 언급하는 통에 어지간한 독자라도 도저히 끝까지 읽기 힘들다. 객체는 주관적 해석에 따라 다양하게 변할 수 있다는 작가의 세계관에 대한 발로라고 작품의 의미를 해석한다지만, 그것도 다 읽어야 판단 가능한 일이다.

다음은 유메노 큐사쿠의 『도구라마구라(1935)』. 구상에서 탈고까지 10년이 걸렸다는, 작가의 광기 어린 집착과 열정이 서린 작품이다. '반드시 한 번쯤 정신 이상을 불러일으킨다'라는 무시무시한 수식어가 붙어 있기도 하다. 갑작스러운 정신 발작을 일으켜 여동생을 목 졸라 살해한 청년. 그리고 자신이 누구인지 알 수 없는 '나'는 정신병원에서 깨어나고, 옆방에서는 역시 알 수 없는 여성이 무언가 이야기하기 시작한다. 뇌와 기억을 소재로 한 환상적인 분위기가 매력적이며, '3대 기서' 중에서는 그나마 국내에서 가장 평가가 좋다.

마지막으로 나카이 히데오의 『허무에의 제물(1964)』은 일본에서는 미스터리 장르 자체를 부정하는 '안티 미스터리'의 최고 걸작으로 손꼽힌다. 끊임없는 불행이 찾아드는 히누마 가문을 둘러싼 연쇄 밀실 살인, 추리 쇼를 펼치는 아마추어 탐정들. 클리셰와 규칙이 겹치고, 추리가 진행될수록 사건은 더욱 모호해지기만 한다. 새로운 번역으로 출간된 두 작품과 달리 오래된 번역본만 있어서(적어도 우리나라에서는) 기서 중에서 가장 읽기 어려운 작품이다.

마지막으로 여기에다 다케모토 겐지의 『상자 속의 실락(1978)』을 더해 일본에서는 흔히 '4대 기서'라고 부르기도 한다. 다케모토 겐지의 작품은 아직까지 국내에 정식으로 소개되지 않고 있다.

'일본 미스터리 3대 기서'는 장르에 대한 이런저런 논의가 쌓여 있고, 일본 문화 특유의 분위기가 짙게 배인 작품들이다. 최소한의 '흥미'라도 느끼기 위해서는 다른 주요 작품들을 통해 일본 본격 미스터리의 흐름을 어느 정도 파악한 후에 읽는 편이 좋다. 만약 3대 기서를 도전 과제로 생각하는 독자가 있다면, 그 시간에 더 많은 다른 작품을 읽는 게 낫다고 말해주고 싶다. 물론 개인적인 생각이다.

그럼에도 한 권이라도 읽고 싶다면 유메노 큐사쿠의 유작 『도구라마구라』를 추천한다. 신문 기사나 인터뷰 등 다양한 형식이 적용된 작품으로 기억과 유전에 관한 작가 특유의 문체와 장광설이 매우 흥미롭다. 그나마 '기서'가 아닌 '소설'의 재미를 주는 작품이며, 홀로 우뚝 선 다른 기서들과 달리 이후 수많은 작품에 영향을 끼쳤다.

5-3 당신이 죽으면 누구에게 사건을 맡기겠습니까? : 3대 탐정

고전 미스터리의 기본 구성은 '기이한 사건―논리적 추리―뜻밖의 결말'이다. 이 3단 구성에서 가장 중요한 건 발단의 기이함도 아니고 결말의 의외성도 아닌 과정의 '논리성'이다. 그 중요한 '논리'를 담당하는 이가 바로 탐정이다. 미스터리 장르 속에서 탐정은 범죄로 흐트러진 사회 질서를 이성과 논리라는 도구를 통해 되돌리는, 그야말로 고귀한 존재다.

고전 미스터리 속 고귀한 탐정은 1920년대 미국에서 하드보일드가 등장하면서부터 그 지위가 점점 하락했다. 하드보일드 속 탐정은 기묘한 수수께끼가 아닌 우리 주변에서 접할 수 있는 현실적인 사건을 조사했고, 일한 만큼 수당을 받고 보고서를 제출하는 노동자였다.

오늘날 탐정은 형사 수사권을 보완하기 위한 민간 조사

부문에 종사하는 이들을 가리킨다. 최근 우리나라에서도 법이 부분 개정돼 흥신소나 심부름 센터에서 벗어나 '탐정'이라는 명칭을 업종에 사용할 수 있게 됐지만, 민·형사 사건에 관여할 수 없고 법적으로도 그 지위를 인정받지 못한다. 수사권은 물론이고 가끔 사법권마저 행사하는 고전 미스터리 속 탐정에 비하면 그 영향력은 그야말로 하늘과 땅 차이라고 할 수 있다.

논리와 이성의 수호신에서 평범한 노동자까지 파란만장한 부침을 겪었지만, '탐정'은 여전히 미스터리 장르를 대표하는 상징이자 하나의 낭만으로 자리한다. 미스터리 장르에 전혀 관심이 없는 이들조차 '탐정'이란 말을 들으면 자연스레 구체적인 이미지를 떠올릴 정도다.

'세계 3대 미스터리'처럼 당연히 '세계 3대 탐정'도 있다. 엘러리 퀸이 선정했다는 '셜록 홈즈', '브라운 신부', '에르퀼 푸아로'는 자주 언급되는 세계 3대 명탐정이다. 엘러리 퀸이 어떤 맥락에서 이 세 탐정들을 언급했는지 그 정확한 출처는 확인할 수 없다. 이것 역시 일본에서 유래했고 '세계 3대'란 말로 포장됐다고 추정할 뿐이다. '세계'라고 하기에는 모두 영국 탐정들이고 처음 등장한 시기도 각각 1887년, 1910년, 1920년이라 상당히 오래돼 일관성이 없지만, 그래도 이들이 이상적인 탐정임은 누구도 부정할 수 없다.

'셜록 홈즈'는 대중들이 생각하는 가장 이상적인 탐정이다. 헌팅캡, 인버네스 코트, 파이프 같은 특유의 복식은 '탐정'임을 가장 잘 드러낸다. 저렇게 차려입고 길거리를 배회한다면 누구나 탐정 코스프레를 한다고 생각할 것이다. 셜록 홈즈의 유명세를 구구절절 설명하는 건 불필요하다. 셜록 홈즈가 등장하는 이야기는 1887년 이래 단 한 번도 절판되지 않았고, 셜록 홈즈는 가장 많이 영상화된 캐릭터로 기네스북에 등재돼 있다. 독특한 점은 그 인기가 서서히 오른 건 아니라는 사실이다. 「스트랜드 매거진」에 단편이 연재될 때부터 셜록 홈즈의 인기는 수직 상승했다. 130여 년이 지난 지금도 마찬가지다.

브라운 신부는 G. K. 체스터튼이 창조했다. 그는 당대 영국 최고의 저술가 중 한 명이었던 작가의 깊이가 담긴 탐정이다. 브라운 신부는 과학적 방법론보다 철학적, 신학적 사고를 기반으로 추리하며, 사람들 사이의 관계를 파악하고 심리와 동기를 이해하며 직관적으로 진실을 파악한다. 따라서 브라운 신부의 추리는 하나의 격언처럼 들리기도 한다. 또 그는 성직자답게 희생자의 영혼을 위로해줄 줄

아는 탐정이다. 브라운 신부의 겉모습은 매우 볼품없는데, 이는 G. K. 체스터튼의 탁월한 전략이다. 화려한 사건에 가려 잘 보이지 않는 탐정은 작품 말미에 갑자기 나타나 단번에 그림을 뒤집는다.

애거사 크리스티의 에르퀼 푸아로는 가장 유명한 직업 탐정이다. 직업적인 경력은 앞선 두 탐정보다 훨씬 뛰어나다. 셜록 홈즈가 60건의 사건을, 브라운 신부가 55건의 사건을 맡았다면, 에르퀼 푸아로는 장편과 단편을 포함해 88건의 사건을 담당했다. 작은 키, 달걀 같은 대머리, 고양이처럼 빛나는 눈, 우스꽝스러울 정도로 잘 정돈된 콧수염, 고급 취향, 결벽증에 가까운 태도를 지닌 푸아로는 황금기 기인 탐정의 전형에서 시작해 작가와 함께 성장했다. 그는 탁월한 눈치로 증거를 수집하고, 잘 단련된 회색의 뇌세포를 이용해 이를 논리적으로 재구성하며, 기막힌 소거법을 사용하는 등 일반적인 명탐정에 가장 잘 어울리는 능력을 지녔다. 에르퀼 푸아로는 애거사 크리스티의 최고라고 평가받는 작품 대부분에서 활약했으며, 애거사 크리스티는 자신의 사후에 다른 이가 그를 이용하는 걸 바라지 않아 미리 최후의 작품을 써두었다. 에르퀼 푸아로는 세계 최고의 미스터리 작가가 가장 사랑한 탐정이었다.

세계 3대 탐정은 모두 결혼하지 않았다는 눈에 띄는 공통점 외에도, 끊임없이 영상화됐다는 공통 분모가 있다. 셜록 홈즈는 최근 BBC에서 방영된 〈셜록〉이나 CBS의 〈엘리멘트리〉 같은 드라마를 통해 다시 인기를 얻었으며, 2013년에 시작된 BBC 드라마 〈브라운 신부〉는 8시즌으로 완결됐다. 에르퀼 푸아로의 이야기는 23년에 걸쳐 드라마가 완결됐으며, 1970년대부터 지금까지 꾸준히 영화화되고 있다. 지금껏 수천 명, 아니 수만 명 이상의 탐정이 등장했고 대부분 눈 녹듯 사라졌지만, 이들의 생명력은 여전한 걸 보면 '세계 3대'라는 수식어가 붙어 마땅하다고 할 수 있을 듯하다.

　황금기 미스터리를 여전히 숭배하는 일본에도 3대 탐정이 있다. 아케치 코고로, 긴다이치 코스케, 가미즈 교스케가 바로 그들이다. 아케치 코고로는 에도가와 란포의 탐정이다. 책으로 둘러싸인 하숙집에 거주하는 일정한 직업이 없는 서생으로, 그 행색은 에드거 앨런 포의 오귀스트 뒤팽을 연상케 한다. 단편 「D언덕의 살인(1925)」에 처음 등장할 때만 해도 교묘한 수수께끼를 간파하는 고전 미스터리 속 탐정이었지만, 1930년대 후반 '소년 탐정단 시리즈'에서는 단정하게 슈트를 입고 초인적인 능력을 지닌 영웅의 모습으로 나타난다. 많은 사람들이 기억하는 '아케치 코고로'는 캐릭터성이 극대화된 후기 모습이다. 만화 『명탐정 코난』의 모리 코고로 탐정이나 『소년탐정 김전일』의 아케치 켄고 경부의 이름은 모두 그에게서 따온 것이다.

요코미조 세이시의 탐정 긴다이치 코스케는 일본의 국민 탐정으로 불린다. 그는 1946년 『혼진 살인사건』에서 첫선을 보인 이후 거의 모든 대중매체를 통해 거듭 태어났다. 1990년대 최고의 본격 추리만화라 할 수 있는 『소년탐정 김전일』의 '긴다이치 하지메(김전일)'는 긴다이치 코스케의 외손자로 설정돼 있다. 지저분한 데다 주름이 잔뜩 잡힌 하오리를 입고, 더듬거리는 말투에 당황하면 머리를 벅벅 긁는 보잘것없는 모습이지만, 사건에 임할 때면 차근차근 증거를 수집하고 논리적인 추론을 통해 범인을 지목하는 이상적인 탐정의 모습을 보여준다. 요코미조 세이시는 서양 고전 미스터리를 일본식으로 가장 잘 변주해냈다는 평을 듣고 있다. 긴다이치 코스케가 마주하는 사건은 대부분 전쟁 이후까지 이어진 으스스한 인습에서 유래하는데, 어디까지나 외부인인 긴다이치 코스케의 환한 이성은 어두운 배경과 극명한 대비를 이룬다.

가미즈 교스케는 다카기 아키미쓰가 창조한 탐정으로

1948년 『문신 살인사건』에 처음 등장했다. 도쿄대학 의학부 법의학 교실의 조교수로 6개 국어에 능숙하며, 아폴론 조각상을 연상시키는 황홀한 외모에다 조부에게 물려받은 유산까지, 그야말로 어떤 부족함도 없는 완벽한 모습이다. 가미즈 교스케는 S. S. 밴 다인의 파일로 밴스의 전통을 이어받은 천재형 탐정이라고 할 수 있는데, 심지어 별명마저 완벽하다. '추리 기계'.

마지막으로 2012년 「아사히신문」이 주말 별책부록 「be」에서 설문조사를 통해 선정한 명탐정 20인의 순위를 소개한다. 책 외에도 드라마, 영화까지 폭넓게 걸쳐 있으며, 당시 인기 있었던 콘텐츠의 영향을 받았던 걸로 보인다.

#1 **형사 콜롬보** : 리처드 레빈슨과 윌리엄 링크 콤비가 탄생시킨 드라마 속 주인공. LA 경찰청 소속 경찰이며 계급은 경위. 피터 포크가 콜롬보로 열연했다. 도서 미스터리 형식의 최고 걸작이라 할 만하다.

#2 **셜록 홈즈**

#3 **긴다이치 코스케**

#4 **아케치 코고로**

#5 **에르퀼 푸아로**

#6 **쿠도 신이치** : 아오야마 고쇼의 추리만화 『명탐정 코난』의 주인공. 검

은 조직을 추적하다가 실험 단계의 독약을 먹고 어려져서 '에도가와 코난'이 됐다. 『명탐정 코난』은 1994년부터 지금까지 「주간 소년 선데이」에 연재되고 있는 최장기 미스터리 만화다.

#7 **스기시타 우쿄** : 2020년 20주년을 맞은 TV 아사히의 범죄 드라마 〈아이보우〉의 주인공. 스기시타 우쿄는 경시청 조직범죄대책부 특명계 계장으로(수사권이 없는 한직이다.) 계급은 경부다.

#8 **아사미 미쓰히코** : 우치다 야스오가 창조한 르포라이터 탐정. 이 시리즈는 일본에서만 총 113편이 발간됐고, 누적 판매 부수가 1억 부를 돌파했다.

#9 **유가와 마나부** : 히가시노 게이고의 소설에 등장하는 천재 물리학자 탐정. 『탐정 갈릴레오』, 『용의자 X의 헌신』 등에서 활약했다.

#10 **도쓰가와 쇼조** : 니시무라 교타로의 소설에 등장하는 경시청 형사. 계급은 경부로, 일본 트래블 미스터리를 대표하는 탐정이다.

#11 **제인 마플** : 애거사 크리스티가 창조한 탐정. 세인트 메리 미드 마을에 살고 있으며 미스 마플이라고도 불린다. 오랜 경험과 직관으로 인간을 꿰뚫어보는 안락의자 탐정이다. 애거사 크리스티의 이 시리즈는 코지 미스터리의 원형이 됐다.

#12 **아르센 뤼팽** : 프랑스의 모리스 르블랑이 창조한 괴도. 셜록 홈즈가 탐정의 대명사라면 아르센 뤼팽은 도둑의 대명사다. 『바르네트 탐정 사무소』나 『아르센 뤼팽의 고백』 같은 단편집을 보면 뤼팽이 얼마나 훌

룽한 탐정인지 잘 알 수 있다.

#13 삼색털 고양이 홈즈 : 아카가와 지로의 '삼색털 고양이 홈즈 시리즈'에 등장하는 주인공 고양이. 사람의 별명이 아니라 진짜 고양이 탐정이다.

#14 엘러리 퀸 : 사촌 형제 만프레드 리와 프레더릭 다네이의 공동 필명이자 작품 속에 등장하는 작가 겸 탐정. 작가 엘러리 퀸은 '독자와의 게임'이라는 미스터리의 규칙을 극한까지 밀어붙였으며, 엘러리 퀸은 그 게임의 성격을 대표하는 탐정이라 할 수 있다.

#15 제임스 본드 : 작가 이언 플레밍이 탄생시킨 스파이 소설의 주인공. 이제는 원작보다 할리우드 영화로 훨씬 잘 알려져 있다.

#16 페리 메이슨 : 얼 스탠리 가드너가 창조한 캘리포니아의 변호사. 무려 86권의 작품에서 활약했다.

#17 사메지마 : 오사와 아리마사의 하드보일드 소설 '신주쿠 상어 시리즈'의 주인공. 사메지마는 일본 경시청의 엘리트 출신이었지만, 내부 문제에 휘말려 신주쿠로 좌천된다. 계급은 경부. '신주쿠 상어'는 그의 별명이다.

#18 제시카 플레처 : 〈형사 콜롬보〉의 창조주 리처드 레빈슨과 윌리엄 링크가 탄생시킨 드라마 〈제시카의 추리극장〉의 주인공. 베스트셀러 미스터리 작가이자 아마추어 탐정으로, 제시카 여사는 가는 곳마다 사건을 만난다.

#19 한시치 : 오카모토 기도의 『한시치 체포록』의 주인공. 오캇피키 한시치

는 괴담과 실재가 섞인 에도 시대의 사건을 풀어나간다.

#20 **케이 스카페타** : 퍼트리샤 콘웰이 창조한 법의관. 버지니아 리치먼드 법의국 법의국장으로, 과학수사를 대표하는 냉철한 성격의 소유자다.

5-4 일본 미스터리 시장의 윤활유
: 일본 랭킹 매거진

한 장르가 발전하려면 시장이 어느 정도 갖춰져야 한다. 그래야 창작자에게 다양한 기회가 주어진다. 우리나라 시장은 미스터리 창작자에게 무척이나 인색하다. 종이책 시장은 번역서가 대부분이고, 현재 가장 뜨겁다는 웹소설도 미스터리 장르와는 도무지 맞지 않는 모양새다. 한마디로 미스터리 작가가 뼈를 깎아 노력해도, 그 운을 걸어볼 만한 시장이 매우 협소하다.

시장이 갖춰지고 성공한 롤 모델도 있다면, 창작자는 다양한 시도를 해볼 수 있다. 정말 좋아한다면 모든 걸 내던지고 과감하게 그 장르에 뛰어들 수도 있다. 잘나가던 직업을 내던지고 전업작가가 되어 성공한 미담은 해외에서 얼마든지 찾을 수 있는데, 그러한 용기는 열린 기회, 작가 양성 제도, 출판 시장 등 튼튼한 기반에서 발휘될 수 있다.

다른 나라는 어떻게 미스터리 장르 시장을 유지하고 있을까. 언어적 이점이 확실한 영어권은 창작자가 마주하는 시장 크기 자체가 다르기에 일단 차치하고, 언어적 환경이 우리나라와 비슷한 일본의 경우 흥미로운 노하우를 꽤 많이 찾을 수 있다.

그중 가장 독특한 건 매년 발행되는 '랭킹 매거진'이라 할 수 있을 것이다. 커뮤니티에서 끼리끼리 모여 좋은 작품의 순위를 매겨보거나 작가협회에서 소속 작가들에게 기회를 주기 위해 작품을 쭉 늘어놓을 수는 있겠지만, 출판사에서 직접 나서서 적극적으로 순위를 매기는 나라는 거의 없다. 물론 그만큼 창작 양이 받쳐주고 있다는 뜻이며, 이들의 관계는 선순환을 이루고 있다고 봐야 할 것이다.

독자 입장에서 생각해보자. 어떤 장르에 막 흥미가 생길 때 어떻게 작품을 골라야 할까? 당연히 아는 바는 없을 테고, 잘 아는 지인이 근처에 없다면 좋은 책을 만나는 일은 결코 쉽지 않다. 대부분 커뮤니티를 찾을 텐데, 그런 공간마저 없다면 서점 순위를 참고하는 게 전부일 것이다.

일본의 '랭킹 매거진'은 매년 출간된 미스터리 작품을 일본과 해외 작품으로 나누어 순위를 매긴다. 순위에 오른 작가는 수상한 것만큼 영예롭게 생각하며, 독자들 또한 큰 관심을 기울인다. 매년 연말이면 미스터리 작품의 순위를 예상하고 결과와 비교해보는 일종의 '트렌드'가 만들어지고, 리스트의 상위권 작품들은 우리나라를 비롯해 아시아권 시장에서 주목받아 대부분 저작권이 수출된다. 이 시스템이 주목받지 못한 자사의 책을 홍보하거나 하락하는 종이책 시장을 붙잡기 위한 고육책일 수도 있겠지만, 적어도 시장을 매끄럽게 움직이는 윤활유 역할을 하고 있음은 분명하다.

가장 유명한 '랭킹 매거진'으로는 다카라지마샤에서 발행하는 「이 미스터리가 대단하다!」를 뽑을 수 있다. 1988년부터 매년 12월에 발간됐으며, 전해 11월부터 당해 10월까지 출간된 작품을 대상으로 한다. 리스트는 미스터리 애호가를 포함한 업계 전문가들이 투표를 통해 선정하는데, 공정성을 생각해 다카라지마샤의 작품은 제외한다. 2002년부터는 '이 미스터리가 대단하다! 대상'을 신설해 수상자를 발표해왔는데, 상의 이름과 달리 어디까지나 신인상이다. 잡지가 만들어진 첫 해인 1988년 국내(일본)는 후나도 요이치의 『전설 없는 땅(1989)』이, 해외는 트리베니언의 『메인—꿈이 끝나는 거리(1976)』가 각각 1위에 올랐다. 2021년 국내 1위는 쓰지 마사키의 『たかが殺人じゃないか(2020)』, 해외

1위는 앤서니 호로비츠의 『The Sentence is Death(2019)』가 차지했다. 2008년에는 20주년을 맞아 '베스트 오브 베스트'를 선정한 적이 있는데, 당시 국내 1위는 미야베 미유키의 『화차(1992)』, 해외 1위는 움베르토 에코의 『장미의 이름(1993)』이었다.

전통을 자랑하는 '주간문춘 미스터리 베스트 10' 또한 잘 알려진 랭킹이다. 이 리스트는 분게이슌주에서 발행하는 「주간 문예춘추」 연말호에 발표된다. 1977년부터 시작됐으며 전해 11월부터 당해 10월까지 출간된 책을 대상으로 한다. 주간지라는 특성이 있기 때문에 발표된 연도와 대상으로 하는 책이 일치한다. 예를 들자면 '주간문춘 미스터리 베스트 10 2020'과 '이 미스터리가 대단하다! 2021'은 선정 대상이 같다. 처음에는 일본추리작가협회가 단독으로 선정하다가 이후 기자, 서점 관계자들도 함께 참여하는 형태로 운영되고 있다. 1977년은 국내와 해외 부분을 나누지 않았는데, 당시 1위는 하이재킹을 소재로 한 스릴러 루시앙 네이험(Lucien Nahum)의 『Shadow 81(1975)』이었다. (이 작품은 영어권보다 일본에서 특히 인기가 높았다.) 2020년 1위 작품은 국내와 해외 모두 「이 미스터리가 대단하다!」의 1위 작품과 같다.

하야카와에서 발행하는 「이 미스터리가 읽고 싶다!」도 있다. '랭킹 매거진' 중에서는 가장 늦은 2008년부터 간행됐으며, 전해 10월 1일부터 당해 9월 30일까지 발간된 작품을 대상으로 한다. 작가, 평론가 등 미스터리 관련 종사자들과 서점 직원들이 참여해 리스트를 선정하는데, '스토리', '반전', '캐릭터', '문체와 글쓰기'를 기준으로 점수를 매긴다. 다른 잡지에 비해서 인지도가 약하기 때문에 순위는 매년 11월, 가장 먼저 발표된다. 2008년에는 미야베 미유키의 『낙원(2008)』과 무라카미 하루키가 번역한 레이먼드 챈들러의 『기나긴 이별(1953)』이 각각 국내와 해외 1위에 올랐다. 2021년 순위 중 1위는 「이 미스터리가 대단하다!」와 '주간문춘 미스터리 베스트 10'과 같다.

마지막으로 일본 탐정소설연구회에서 발간하는 「본격 미스터리 베스트 10」이 있다. 1997년부터 역시 매년 12월에 간행되고 있는데, 발표 자체는 가장 늦는 편이다. 대중적인 미스터리를 대상으로 하는 다른 잡지들과 달리 유일하게 본격 미스터리를 지향하고 있으며, 선정된 작품도 세 잡지와 다소 차이가 있다. 리스트를 선정하는 이들은 연구회에서 인정하는 본격 미스터리 권위자들이다. 1997년 1위는 교고쿠 나쓰히코의 『철서의 우리(1996)』였으며 해외 작

품은 따로 선정하지 않았다. 20주년을 맞은 2016년 기념
판에서는 미쓰다 신조의 『잘린 머리처럼 불길한 것(2007)』
이 영광스러운 1위를 차지했다. 2021년 국내 1위는 아쓰카
와 다쓰미의 『투명인간은 밀실에 숨는다(2020)』로 「이 미스
터리가 대단하다!」, '주간문춘 미스터리 베스트 10', 「이 미
스터리가 읽고 싶다!」와 유일하게 다르다. 해외 1위는 다
른 잡지들과 같이 앤서니 호로비츠의 『The Sentence is
Death』가 차지했다.

5-5 띠지 속 바로 그 문구
: 주요 미스터리 상

우리나라 미스터리 시장에는 매년 다양한 외서들이 출간된다. 그중에는 베스트셀러도 있고 인기 작가의 후속작도 있으며 고전도 있지만, 그래도 역시 수상작이 차지하는 비중이 가장 높다. 상을 받은 작품이 꼭 '나에게' 재미있다고 할 수는 없지만, 그래도 이름 있는 상을 받은 작품은 그 작품성은 널리 인정받았다고 할 수 있다. 수상 내역은 가장 중요한 홍보 문구이자 마케팅 포인트이며 독자의 선정 기준이기도 하다. 서점의 미스터리 코너를 둘러보면 가장 많이 눈에 띄는 몇 가지 상을 소개해본다.

에드거상 (Edgar Award)

군이 따지면, 에드거상은 미스터리 분야에서 가장 권위 있는 상이라고 할 수 있다. 1946년부터 MWA에서 수여해왔으며,

부상으로 에드거 앨런 포의 흉상을 주기 때문에 '에드거상'이라고 불린다.

에드거상에는 매우 다양한 부문이 있다. 장편, 단편, 신인상, 페이퍼백, 논픽션, 비평, 아동 및 청소년 소설, TV 드라마의 에피소드, 공로상까지 거의 미스터리 전 분야에 걸쳐 있다. 공로상에 해당하는 '그랜드 마스터' 부문은 전해 겨울에 선정하며, 당해 1월에 후보작을 발표하고 5월에 수상작을 발표한다. 1990년대 이후부터 에드거상은 '매우 무겁고 미국적인' 범죄소설이 수상하는 경향이 짙었는데, 그 때문인지 최근 수상작들은 국내에 잘 소개되지 않았다. 2020년 장편 부문에서는 영국 작가 엘리 그리피스의 고딕 호러 서스펜스 『낯선 자의 일기(2018)』가 수상했다.

대거상 (The Daggers)

대거상은 1955년에 시작됐으며 MWA와 쌍벽을 이루는 CWA에서 수여한다. '대거'라는 이름이 붙은 이유는 역시 부상으로 단검이 박힌 트로피를 증정하기 때문이다. 대거상은 지금까지 후원사에 따라 부문과 이름이 자주 바뀌었는데, 현재는 공로상, 최우수 장편, 스릴러, 번역서, 논픽션, 도서관 최다 대출 도서, 단편, 신인상, 역사 미스터리, 출판사, CWA 공로상 부문으로 나누어 수여하고 있다.

장르의 종가인 영국을 대표하는 상답게, 대거상 수상작 중에는 미스터리 장르의 역사를 화려하게 장식한 걸작들이 많다. 2005년에는 CWA 50주년을 기리며 'Dagger of Daggers'를 선정했는데, 존 르 카레의 『추운 나라에서 돌아온 스파이』가 그 영예를 차지했다.

대거상은 매년 4월에 1차 후보작들을 선정해 발표하고, 한 차례 추린 2차 후보작은 5월에, 수상작은 7월에 발표한다.

매커비티상, 앤서니상, 배리상, 셰이머스상 (Macavity Award, Anthony Award, Barry Award, Shamus Award)

이 네 가지 상은 종종 한 세트처럼 자주 언급되는데, 모두 매년 가을 즈음에 미국에서 열리는 미스터리 행사 '바우처 콘'에서 수상작을 발표하기 때문이다. 셰이머스상을 제외하면 중복 수상도 많은 편이다.

매커비티상은 국제미스터리독자협회에서 후보작을 고르고 직접 선정한다. '매커비티'는 T. S. 엘리엇의 시집 『주머니쥐 할아버지가 들려주는 지혜로운 고양이 이야기』에 등장하는 고양이 이름에서 따왔다.

앤서니상은 작가이자 평론가 앤서니 바우처를 기리기 위한 상으로, '바우처 콘' 또한 그의 이름에서 따온 것이다. 1986년부터 시작됐으며 수상작은 행사에 참여하는 회원들의 투표에 의해 선정된다. 분야는 장편, 단편, 데뷔작, 페이퍼백, 비평 및 논픽션으로 나뉘어 있다. 앤서니상으로 가장 널리 이름을 알린 작가는 2007년부터 무려 다섯 차례나 수상한 루이즈 페니다.

배리상은 계간지 「Deadly Pleasures Mystery Magazine」에서 주최한다. 이 상은 아마추어 독자에서 시작해 평론가로 자리매김한 은퇴 소방관 배리 가드너를 기리기 위해 제정됐다. 독자의 추천으로 후보작을 선정한 후 편집진이 참여해 수상작을 고른다.

셰이머스상은 PWA(미국사설탐정소설가협회)에서 주관한다. 사설탐정이 등장하는 작품을 대상으로 하는 만큼 시리즈물, 즉 페이퍼백 작품의 중요도가 높다.

애거사상 (Agatha Award)

미국의 비영리 재단 '맬리스 도메스틱'에서 주최하는 상으로, 매년 컨벤션을 열어 수상작을 발표한다. 대상 작품의 요건은 다음과 같다. "애거사 크리스티 작품으로 가장 잘 대변되는 전통적인 미스터리, 노골적인 성행위나 과도한 폭력성이 없는 넓은 개념의 미스터리."

애거사상은 장편과 단편, 데뷔작, 역사물과 논픽션, 청소년으로 부문을 나누어 수상한다. 이 상으로 가장 잘 알려진 작가도 역시 루이즈 페니다. 2007년부터 무려 일곱 차례 수상했다.

유리열쇠상 (Glass Key Award)

스칸디나비아추리작가협회에서 수여하는 상이다. 1992년부터 시작됐으며 덴마크, 핀란드, 아이슬란드, 노르웨이, 스웨덴 작가가 쓴 소설을 대상으로 한다. 상의 이름은 대실 해밋의 장편 『유리 열쇠(1931)』에서 따왔다.

에도가와 란포상 (江戸川乱歩賞)

1954년 에도가와 란포가 사재를 털어 조성한 상으로 현재는 일본추리작가협회가 주최하고 고단샤와 후지TV가 후원한다. 일본 미스터리 작가에게는 가장 권위 있는 상 중 하나로 니시무라 교타로, 모리무라 세이치, 다카하시 가쓰히코, 히가시노 게이고, 이케이도 준, 기리노 나쓰오 등 기라성 같은 거장들이 모두 이 상을 수상했다.

5명의 심사위원이 선정 회의를 거쳐 수상작을 결정하는 전통이 있는데, 제66회 심사 위원은 아야쓰지 유키토, 교고쿠 나쓰히코, 누쿠이 도쿠로, 아라이 모토코, 스기무라 료에

가 맡았다.

요코미조 세이시 미스터리 & 호러대상 (横溝正史ミステリ&ホラー大賞)

출판사 가도카와에서 주최하는 신인 문학상이다. 미스터리 부문만 선정하다가 2019년 제39회부터 일본호러소설대상과 통합해 운영하고 있다. 제40회 총 응모작은 무려 538편으로, 에도가와 란포상과 함께 신인 작가들의 중요한 등단 기회다.

서점대상 (本屋大賞)

2004년부터 시작된 상으로 서점대상 실행위원회가 운영한다. 서점 직원들의 투표로 후보작 및 수상작이 결정된다. 캐치프 레이즈는 '전국 서점 직원들이 뽑은 가장 팔고 싶은 책'. 불황 으로 매출은 줄고 종수는 늘어나는데, 베스트셀러가 약속된 나오키상마저 종종 '수상작 없음'이란 결과를 내자 그 위기를 타개하기 위해 만들어졌다고 한다. 서점대상을 수상한 작가 에게는 크리스털 트로피와 (특이하게) 십만 엔 상당의 선불 도 서카드가 부상으로 수여된다. 지난 1년 동안 출간된 소설을 대상으로 온라인 투표를 거쳐 10권의 책을 선정한 후, 해당 도서를 모두 읽은 심사위원들이 점수를 매겨 대상 작품을 선 정한다. 제1회 수상작인 오가와 요코의 『박사가 사랑한 수식

(2004)』과 제2회 수상작인 온다 리쿠의 『밤의 피크닉(2005)』이 모두 엄청난 베스트셀러가 됐으며, 덕분에 상의 위상도 훨씬 높아졌다. 서점대상 수상작의 판매량은 나오키상이나 아쿠타카와상 같은 일본 대표 문학상 수상작의 판매 부수를 능가할 정도라고 한다.

5-6 한국 미스터리 흥행의
어제와 오늘

한이 (한국추리작가협회장)
_「계간 미스터리」 2020 봄여름 특별호(통권 제67호) 게재

　할리우드 영화 〈어벤져스 : 엔드 게임〉이 파죽지세로 전 세계 박스오피스를 석권하고 있을 때, 이웃나라 일본에서는 뜻밖의 소식이 들려왔다. 약물로 초등학생의 몸이 된 지 25년이 지났어도 여전히 그대로인, 에도가와 코난의 활약을 담은 극장판 애니메이션 〈명탐정 코난 : 감청의 권〉이 〈어벤져스〉를 누르고 박스오피스 1위를 차지했다는 것이다. 해당 작품은 일본 개봉 이틀 만에 114만 명이 관람하는 기록을 세웠고, 한국의 추리작가들은 부러운 마음으로 입맛을 다셔야만 했다.

　생각해보면, 저 우울한 천재 에드거 앨런 포가 추리소설의 시작을 알리는 기념비적인 작품들, 「모르그 거리의 살인」, 「마리 로제 수수께끼」, 「도둑맞은 편지」를 쓴 이후로

추리소설은 격변하는 시대와 함께 다양한 하위 장르를 창출하면서 변화해왔다. 그러나 영미권의 눈부신 발전, 아니 이웃한 일본의 경우와 비교해도 한국의 추리소설은 열악한 환경 속에서 악전고투하고 있다는 느낌을 지울 수 없다. 이에 간략하게나마 한국 추리소설의 역사, 나아가서는 추리 서사를 활용하는 다양한 콘텐츠들의 흥행 성적을 되짚어 보고, 앞으로의 미래를 점쳐보고자 한다.

한국 창작 추리소설의 시작이라고 하면 이해조가 '정탐소설(偵探小說)'을 표제로 내세워 1908년 12월 4일부터 1909년 2월 12일까지 「제국신문」 1면에 49회 연재했던 『쌍옥적』을 최초로 본다. 여주인공들의 논리적이지 못한 어리숙함과 신파를 벗어나지 못한 이야기 전개가 걸리기는 하지만, 추리소설의 기본 요소인 '범죄-수사-해결'을 모두 담고 있다. 그 뒤를 잇는 것이 1920년 「조선일보」에 연재된 『박쥐우산』이다. 『박쥐우산』은 1막을 황만수 살인사건 현장에 대한 묘사부터 시작하면서, 변동식과 오창걸 두 정탐이 진범을 잡기 위해 벌이는 활약을 그리고 있어서 상당히 서구의 추리소설에 근접한 전개 방식을 보이고 있다.

그 후 창작 추리소설이라고 이름 붙일 만한 작품은 독립

운동가인 박병호가 불교잡지「취산보림」제4호(1920. 7)부터 호관산인(濠觀散人)이란 필명으로 연재한『혈가사』를 거쳐, 1925년 방정환의『동생을 차즈려』, 그리고 1934년에 나온 채만식의『염마』정도밖에 없다. 이 사실만 보고 당대에 추리소설이 인기가 없었을 것이라고 생각한다면 오산이다. 창작 추리소설의 빈자리를 번역·번안 추리소설이 채우고 있었다.

정탐소설, 탐정기담, 탐정소설 등의 장르 명칭이 병행된 추리소설은 신문 연재소설을 중심으로 번역·번안되어 소개됐다. 1910년대 당시「매일신보」의 연파주임으로 있던 이상협은 '신문의 귀재'라 불릴 정도로 신문 편집에 뛰어난 인물로, 대중의 기호를 파악하는 데 능숙했다. 그는 1914년 최고의 인기를 누린 번안 소설『정부원』을 기획했고, 뒤이어『해왕성』을 잇따라 홍행시켰다. 1918년에「태서문예신보」는 해몽생이 코난 도일의「세 학생의 모임」을 번안한 것을「충복」이란 제목으로 실었다. 이때 신문에 연재된 작품들은 일본의 번안 소설 작가인 구로이와 루이코의 번안 작품을 재번역한 것이 대부분이었다.

1920년대로 접어들면서 번안 '탐정소설'들은 신문을 벗어나「학생계」,「청년」,「동명」등 계몽성을 담당하던 잡지에 실리면서, 지식인 청년이나 학생들처럼 일정 수준 이상의 독서력을 갖춘 독자들을 위한 지적인 작품이라는 점이 강조됐다.

하지만 정작 탐정소설을 번역 창작하던 작가들은 자신들이 탐정소설 작가로 알려지는 것에 대해 부정적이었고, 가급적 이를 숨기려고 했다. 1920년대 번안 추리소설을 발표한 작가들에 양주동, 이하윤, 김환태, 김광섭, 이헌구, 김유정, 이석훈, 안회남, 방인근 등이 있었으나 추리소설을 값싼 오락물로 취급하던 세간의 인식 때문에 본명이 아니라 해몽생, 피피생, 봄바람, 북극성, 붉은빛, 하인리 등 정체불명의 이름을 사용했다.

당시 작가들의 이중적인 태도는 서동산이란 필명으로 「조선일보」에 『염마』를 발표한 채만식의 글에서 여실히 드러난다. 그는 자신의 탐정소설 『염마』에서 작중인물의 입을 빌려 이렇게 말한다.

"그따우 탐정소설이니 대중문예니 또 소위 계급문예니 하는 것들은 문예 축에도 못 끼우는 것이야. …… 나 날탕패나 문단에서 낙오된 찌스레기들이 할 수 없으니까 그거나 가지리쓰구하지."

한국 추리소설계가 진정한 '작가'를 갖게 된 것은 김내성에 이르러서였다.

　아인(雅人) 김내성은 1909년 평안남도 대동군 남곶면 월내리에서 출생했고, 일본 유학 중인 1935년, 잡지 「프로필」의 현상모집에 「타원형의 거울」이 당선되면서 등단한다. 이후 1936년에 귀국해 1939년 「조선일보」에 한국 최초의 장편 추리소설 『마인』을 연재하면서 진정한 한국 추리소설의 비조(鼻祖)가 된다. 연재가 끝나고 12월에 출간된 『마인』은 6천 부 이상의 판매고를 올린다. (심훈의 『상록수』 판매고가 만 부 정도인 것과 비교해도 상당한 베스트셀러라 할 수 있다.) 『마인』의 대중적인 인기를 짐작케 하는 일면이 출간 횟수인데, 자료에 따르면 1948년 '해왕사', 1968년 '진문출판사', 1983년 '삼성문화사', 1986년 '영한문화사'에서 출간됐고, 2009년 김내성 탄생 100주년 기념으로 '판타스틱'에서 재출간됐다. 그 외에도 다양한 군소 출판사에서 출간됐을 가능성까지 생각해보면 대단한 생명력이 아닐 수 없다.

　무엇보다 김내성은 자신을 '탐정소설가'로 명확히 규정하고 글을 쓴 최초의 작가였고, 다양한 글을 통해 추리소설의 역사와 개념, 작법 등에 대해 고민한 바를 풀어놓았다.

일례로 '탐정소설의 본질적 요건'이란 글에서 그는 자신이 생각하는 추리소설에 대해 이렇게 말한다.

"탐정소설의 본질은 '엉?' 하고 놀라는 마음이고, '헉!' 하고 놀라는 마음이며, '으음!' 하고 고개를 끄덕이는 마음의 심리적 작용이다. 그렇다면 이들 '엉?', '헉!', '으음!'이라는 심리 작용에 따라 생기는 것은 무엇인가? 그것은 현실적 분위기로부터 낭만적 분위기에로의 비약적 순간인 것이다."

하지만 전쟁 상황으로 치닫던 시대는 김내성이 정통 추리소설만 써서 살아남을 수 있을 정도로 만만한 때가 아니었다. 중일전쟁 이후 일본 국내에서 같은 국민들끼리의 살상사건을 그린다는 이유로 추리전문 잡지가 폐간되고, 에도가와 란포의 전 작품이 발행 금지됐을 정도였다. 김내성도 일본에 의해 국제질서가 회복되는 친일적인 아동물이나 스파이물을 쓰며 명맥을 유지했다. 그 때문이었는지 해방 이후 김내성은 추리소설보다는 연애를 중심으로 한 대중소설로 방향을 바꿔서 『쌍무지개 뜨는 언덕』, 『청춘극장』, 『인생화보』, 『실낙원의 별』과 같은 작품들을 발표했다. 1950년대 당시 각 신문사의 캐치프레이즈가 "김내성을 잡아라!"

일 정도로 대중적인 인기를 끌었지만, 한국 추리소설계는 든든한 버팀목을 잃게 됐다.

　1950~1960년대는 분단과 한국전쟁으로 어수선했고, 이는 김내성이라는 기둥 하나로 간신히 명맥을 유지해오던 추리소설계에 치명타를 안겨주었다. 새로운 창작 추리소설은 찾아보기 어려웠고, 1930년대에 딱지본 소설로 유통됐던 소설들이 '탐정소설', '탐정비극', '연애탐정 의리소설' 등의 부제를 달고 다시 출간됐다. 당시 세창서관에서 재출간된 소설들로는 『혈루의 미인』, 『악마의 루』, 『열정의 루』, 『사랑은 원수』 등이 있다. 모두 부제만 바꾸었을 뿐 밝혀진 작가도 없고 서사도 빈약한, 전혀 추리소설답지 않은 소설들이었다. 그나마 나만식, 서남손, 허문녕, 백일완 등이 자신의 이름을 걸고 추리소설을 발표했지만, 개인의 복수나 성적인 코드가 강조된 작품들로 추리소설적인 재미는 떨어지는 작품들이었다.

　1960년대에는 해방 전에 발표됐던 번안 소설을 우리식의 지명과 이름으로 고쳐서 다시 출간하기도 했는데, 김내성의 대표 탐정인 유불란(劉不亂)을 변형한 필명을 사용한 천불란(千不亂)이 대표적이다. 그는 『너를 노린다』, 『독살과 복수』, 『너는 내 손에 죽는다』, 『원한의 복수』, 『지옥녀』, 『무덤에서 나온 복수귀』 등의 작품을 출간했는데, 대부분 창작이 아니라 재번안 작품이었다.

이 시기에 눈에 띄는 작가는 방인근인데, 『원한의 복수』, 『국보와 괴적』, 『괴사체』 등의 작품에서 탐정 캐릭터인 '장비호'를 등장시켜 사건을 해결한다. 순수 창작이었다는 점과 한국적 현실에 맞춘 추리소설이었다는 점에서 높이 살 만하지만, 추리소설의 위상을 높였다고 보기는 어렵다.

오히려 이 시기의 영화는 추리적 기법을 적극적으로 활용하며 대중의 인기를 끌었다. 〈운명의 손〉, 〈자유전선〉 등의 작품들은 전쟁이나 스파이 활동을 소재로 활용했고, 〈다이알 112를 돌려라〉, 〈안개 낀 거리〉, 〈마의 계단〉, 〈아스팔트〉, 〈국제금괴사건〉, 〈암살자〉 등은 밀수, 조직폭력배 간의 암투, 국제적인 음모와 반공 이데올로기를 주로 그리면서 많은 관객을 끌어모았다.

1970년대에 들어서면서 상황은 비로소 달라진다. 이는 김성종이라는 걸출한 작가의 탄생을 목도하면서 시작됐다. 그는 1969년 조선일보사의 신춘문예 소설 공모에 「경찰관」으로 당선된 후, 1974년 한국일보 창간 20주년 기념

장편소설 현상 공모에『최후의 증인』이 당선되면서 이름을 알리기 시작한다. 이 작품은 형사 오병호가 사건을 해결하는 과정을 통해서 전쟁의 참상과 개인의 비극을 있어, 애국심과 민족주의에 물들어 있던 여타의 작품들과는 격을 달리하고 있다. 또한 1980년에 이두용 감독, 그리고 하명중, 정윤희, 최불암 주연으로 동명의 영화가 만들어졌고, 2001년에 배창호 감독에 의해「흑수선」으로 리메이크되면서 상업적인 성공도 거두었다.

이후 김성종은『슬픈 살인』,『아름다운 밀회』,『피아노 살인』,『백색인간』,『제5열』,『제5의 사나이』,『국제열차 살인사건』등을 연이어 발표하면서 한국 추리소설계를 대표하는 작가가 됐고, 상업적인 측면에서도 가장 큰 성공을 거두었다. 하지만 공이 있으면 과도 있는 법. 과도한 성적 묘사와 자극적인 소재는 한국 추리소설을 끝까지 따라다니며 폄하하게 만드는 단초가 됐다.

1980년대는 한국 추리소설계가 처음으로 맞은 황금기라고 할 수 있을 것이다. 정권을 장악한 신군부는 국민들의 눈을 돌리기 위해서 프로야구를 창단하고, 각종 스포츠신문을 창간했다. 추리소설은 각 신문의 연재소설 지면을 차지하면서 대중의 관심을 끌었다. 1983년 한국추리작가협회가 창설되고, 1985년 한국추리문학상이 제정되어 수상자를 배출하기 시작한 때도 이 시기다.

본명과 필명으로 동시에 몇 개의 신문에 작품을 연재하던 김성종을 필두로 현재훈, 이상우, 노원, 유우제, 정건섭 등이 다양한 작품을 발표하면서 한국 추리소설의 양적·질적 수준이 높아졌다. 현재훈은 불교적인 색채가 짙은 작품들을 발표했는데『절벽』으로 제1회 한국추리문학상 대상을 수상하는 영예를 안았다. 기자 출신인 이상우는『불새, 밤에 죽다』,『악녀 두 번 살다』,『여자는 눈으로 승부한다』 등의 작품을 연이어 발표하는데,『악녀 두 번 살다』는 50만 부 이상의 판매고를 올렸다. 중앙정보부 7국장을 지냈던 특이한 이력의 노원은 트릭 위주의 퍼즐 미스터리인『비상계단의 여자』,『화려한 외출』뿐만 아니라 남북 간의 첩보활동을 다룬『야간 항로』,『3호 청사』 등의 정통 스파이 소설을 쓰기도 했다. 유우제는 월간「소설문학」의 '제1회 천만원 고료 장편 추리소설 공모'에『죽음의 세레나데』가 당선되면서 데뷔했고, 이후『밤』,『불새의 미로』 등의 작품을 발표했는데, 가장 문학적인 추리소설을 지향한 작가로 기억된다. 정건섭은『덫』,『5시간 30분』 등의 정통 추리소설,

일종의 하드보일드인 『호수에 지다』, 액션 스릴러인 『죽음의 천사』 시리즈 등 다양한 스타일을 시도했다.

이어진 10년 동안, 새로운 작가들이 대거 등장한다. 이수광, 백휴, 권경희, 김차애, 임사라, 서미애, 황세연, 정석화 등이 그들이다. 이들은 장편과 단편에서 활발하게 활동하면서 1990년대 초반까지 한국 추리소설계를 풍성하게 하는 데 기여했으나, 선정성 논란과 식상한 전개에 등을 돌린 독자들의 역풍을 이겨내기에는 역부족이었다. 한국추리문학상은 여러 해 동안 대상작을 내지 못했고, 스포츠신문에서 시행하던 추리소설 신춘문예는 소문도 없이 사라졌다. 야심차게 창간했던 추리전문 잡지들의 상황도 마찬가지였다. 「추리문학」, 「미스터리 매거진」은 통권 10호를 넘기지 못하고 폐간됐다.

그 후 한국 추리소설은 계속된 암흑기에 있었다. 짧은 황금기에 비해 암흑기는 너무나 길고 혹독했다. 국내 작가들은 안팎으로 싸워야만 했다. 안으로는 한국의 추리소설은 선정적이고 뻔하다는 선입견, 밖으로는 유수의 추리문학상을 수상하거나 엄청난 판매고를 올려 일차적으로 검증된 번역 작품들과의 경쟁이다. 1990년대 후반부터 지금까지 한 해에만 수백 권씩 쏟아져 나오는 영미권과 일본의 추리소설들로 눈이 높아질 대로 높아진 독자들을 만족시키기란 쉽지 않은 일이었다. 독자의 눈에 맞는 수준 높은 작품을 쓰기 위해서는 최소한의 집필시간이 보장되어야 하는데, 점점 낮아지는 판매고는 인세 하락으로 이어졌고, 작가들은 수많은 태작을 양산하거나 다른 직업을 전전해야 했다. 백만 부를 팔기 위해서 만 부짜리 작품 백 권을 쓰면 된다던 어떤 작가는 천 부짜리 천 권을 써야 하는 상황에 절망하며 출판사에 취직했다. 그사이 2004년에 140만 원 정도 하던 히가시노 게이고의 선인세가 10년 사이에 3억 원이 되는 기현상을 핏발 선 눈으로 목격하기도 했다.

변화의 조짐이 나타난 것은 2000년대 중반부터였다. 김탁환의 『방각본 살인사건』과 비슷한 시기에 출간된 이정명의 『뿌리 깊은 나무』, 김재희의 『훈민정음 살인사건』 등이 '팩션(faction)'이란 이름을 걸고 성공을 거두었다. 물론 세계적으로 팩션 열풍을 일으킨 댄 브라운의 『다 빈치 코드』도 빼놓을 수 없을 것이다. 더 고무적인 사실은 단순히 소설의 성공에 그치지 않고 드라마나 영화의 성공으로 이어졌다는 것이다. 특히 이정명은 『뿌리 깊은 나무』만이 아니라 후속

작인 『바람의 화원』까지 연속으로 드라마화되면서 이름을 알렸다.

이와 같은 추리기법의 다양한 변용은 텔레비전에 갇혀 있던 드라마가 넷플릭스와 같은 온라인 동영상 스트리밍 서비스를 만나면서 폭발적으로 수요가 급증했다. 이미 2000년대 초반부터 '어둠의 경로'를 통해 추리기법이 극대화된 미드와 일드를 즐겼던 젊은 영상세대는 가족끼리 지지고 볶는 김수현식 드라마에 만족할 수 없었다. 그들은 추리기법이 활용된 〈히트〉, 〈시그널〉, 〈마왕〉, 〈싸인〉, 〈추적자〉, 〈투윅스〉 등의 드라마에 열광했고, 케이블 방송국들은 앞다투어 추리 드라마를 제작 방영하고 있다. JTBC와 OCN에서 각각 방영한 박하익 원작의 〈선암여고 탐정단〉, 송시우 원작의 〈달리는 조사관〉 등이 이에 해당한다.

이러한 변화의 바람은 점점 거세지고 있다. 최근 출간된 국내 추리소설 다수가 영상화 계약을 맺었고, 다양한 부가 판권 계약도 이루어지고 있다. 또한 해외출판 계약도 심심치 않게 맺어지고 있다. 도진기, 김재희, 송시우 등이 대만과 프랑스에 판권을 수출했고, 서미애의 작품은 미국과 이탈리아, 인도네시아를 비롯한 13개국에서 번역 출간될 예정이다. 코로나19 사태로 인해 추이를 지켜봐야겠지만, 한국의

'추리여왕'이 세계 미스터리의 여왕으로 등극하는 모습을 목격할지도 모른다는 기대감이 든다.

앞으로도 추리소설에 대한, 추리기법에 대한 수요는 점점 더 커질 것이다. 이 변화의 바람을 긍정적으로 부풀릴 것인지, 아니면 그저 한때의 일장춘몽으로 만들 것인지는 작가들에게 달려 있다. 여전히 한국 추리소설에 덧씌워진 선정성, 식상함, 소재의 빈곤과 같은 부정적 이미지를 깨뜨리지 못한다면, 담 밖에서 남의 집 잔치를 구경하는 신세를 벗어나지 못할 것이다. 지금 참신하고 독창적인 신인작가가, 독자들의 명치에 묵직한 한 방을 날려줄 중견작가가, 한계를 깨부수고 새롭게 도전하는 원로작가가 간절히 필요한 까닭이 여기에 있다.

참고자료

『조선의 탐정을 탐정하다』, 최애순, 소명출판

『대중, 비속한 취미 '추리'에 빠지다』, 오혜진, 소명출판

추리와 연애, 과학과 윤리 : 장편소설로 본 김내성의 작품세계, 이영미, 「대중서사연구」 제21호, 2009. 6.

'근대적 지식인 되기'를 향한 욕망의 서사 : 김내성 추리소설에 나타난 탐정 유불란의 정체, 최승연, 「대중서사연구」 제21호, 2009. 6.

「딱지본 표지화의 이미지 연구 : 대중성 획득 방법을 중심으로」, 이은주,
홍익대학교 대학원, 2017

「한국 근대 추리소설 연구」, 이현직, 단국대학교 대학원, 2013

「한국 '추리소설' 연구」, 김보람, 덕성여자대학교 대학원, 2007

미스터리 장르의 역사적 흐름에 따른
추천 미스터리 100선

미스터리는 다른 장르에 비해 규칙이 많다. 애초에 장르의 시작이 발견이 아니라 발명에 가까웠고, 황금기라 불리는 특정 시기에 수많은 작가들이 그 규칙을 더 단단하게 다졌기 때문이다. 또 대부분 작품이 생산되는 그 시대를 배경으로 한다. 범죄, 그것도 그 시대에 범죄로서 용인되는 행위가 미스터리에서 가장 중요한 요소이기 때문에 어쩌면 당연한 일이다.

엄격하고 세밀한 규칙, 그리고 사회적 의미를 띤 범죄를 다루는 것. 미스터리 장르는 이 두 특징 때문에 끊임없이 해체되고 희석되는 방향으로 흐르게 됐다. 사회는 계속 변화해갔고 범죄의 의미도 달라졌으며, 그에 따라 장르에 단단히 얽힌 규칙들도 자연스럽게 느슨해졌다.

우리가 지금 마주하는(미스터리 카테고리에 포함된) 작품들은 아주 특별한 경우를 제외하고는 대부분 장르의 본질에서 한참 멀어진 것들이다. 굳이 용어를 갖다 붙이자면 '범죄소설' 정도가 적당할 것이다. 이렇게 시대와 국적 그리고 상업적인 가능성에 따라 끊임없이 변화해온 미스터리 장르는 다른 장르보다 흐릿한 경계를 갖게 됐다. 덕분에 가장 강력한 대중소설의 한 분야로 자리 잡을 수 있었지만, 그만큼 정의하기 어려운 장르가 됐다.

미스터리 장르를 쉽게 이해하려면 역사적인 흐름에 따라 작품을 읽는 방법이 가장 효과적이다. 미스터리 장르의 다양한 서브 장르들은 역사적 분기에 따라 등장했고, 서로가 서로에게 영향을 주며 장르의 테두리를 넓혀왔기 때문이다.

어디까지나 지극히 개인적인 리스트이지만, 아래 추천 도서 100선은 바로 이러한 맥락에서 추려본 것이다. 2000년대 이후 크게 성장한 국내 번역서 시장을 대상으로, 유명세나 작품성보다는 장르의 역사적인 맥락을 살펴볼 수 있는 작품을 골랐다. 간혹 절판된 도서들이 있는데, 대부분 중고로 구할 수 있는 작품들이다. 한국 미스터리를 포함하지 않은 건 미스터리 장르의 역사적 흐름을 작품으로 소개하려는 이 리스트의 목적과는 맞지 않기 때문이지만, 결과적으로는 필자의 능력 부족 때문이다. 역사적 흐름에 따라 배열했기에, 다른 도서와 달리 출판 연도를 맨 앞에 표기했다.

마지막으로, 개인적으로 미스터리가 왜 재미있느냐는 질문을 꽤 자주 들었다. 제법 오랫동안 고민했고, 스스로에게 만족스러운 답 하나를 만들어두었다. 미스터리 소설은 인간의 욕망을 반영한다. 누구나 범죄를 저질러 질서를 깨뜨리려는 욕망이 있고, 누구나 흐트러진 질서를 되돌리고 싶은 욕망이 있다. 그리고 누구나 수수께끼를 해결하고 싶은 욕망이 있다. 미스터리는 그 세 가지 욕망을 만족시키는 유일한 장르다.

#1 _ 1841년, 「모르그 거리의 살인」, 에드거 앨런 포

좋아하는 서브 장르가 무엇이든, 이 태초의 미스터리 작품은 꼭 읽어보는 편이 좋다. 고전에 대한 예우라기보다 현대의 관점에서도 충분히 재미있기 때문이다. 에드거 앨런 포는 뒤팽이 등장하는 세 작품을 통해 현대 미스터리를 완성형으로 제시한다.

#2 _ 1859년, 「흰옷을 입은 여인」, 윌키 콜린스

문학사에서 보면 선정소설은 미스터리 소설로 연결된다. 윌키 콜린스는 빅토리아 시대 선정소설을 대표하는 작가다. 이 작품은 다중 시점과 다양한 서술 장치를 통해 캐릭터를 생생하게 그려낸다. 두툼하기 때문에 시간 여유가 있을 때 읽도록 하자.

#3 _ 1887년, 「주홍색 연구」, 아서 코난 도일

셜록 홈즈가 등장하는 첫 번째 작품. 존 H. 왓슨의 회상과 사건을 마무리 짓는 과거 이야기로 구성돼 있다. 출판사 세 곳에서 거절당하고 간신히 「비튼의 크리스마스 연감」에서 발표됐지만, 초반 평도 그리 좋지 않았다. 하지만 어떠하랴. 지금은 전설의 시작일 뿐이다.

#4 _ 1911년, 「브라운 신부의 순진」, G. K. 체스터튼

브라운 신부 시리즈 중 첫 번째 단편집이다. 원제 'The Innocence of Father Brown'의 'Innocence'는 '동심', '무죄', '순진'으로 번역돼 있다. 브라운 신부 하면 떠올릴 수 있는 최고의 단편 「푸른 십자가」, 「보이지 않는 사람」, 「괴상한 발소리」 등이 수록돼 있다.

#5 _ 1926년, 『애크로이드 살인사건』, 애거사 크리스티

아직 신인이었던 애거사 크리스티의 이름을 당시 문단에 단단히 각인시킨 화제작. 미스터리 소설의 트릭과 그 범주를 '경이로움'이라는 감정으로 이해할 수 있는 대단한 작품이다. 이 작품을 전혀 모른다면, 결말을 검색하지 말고 서둘러 읽어보자.

#6 _ 1928년, 『음울한 짐승』, 에도가와 란포

스스로의 작풍을 고민하던 에도가와 란포가 돌연 절필을 선언하고 2년 만에 돌아와 잡지 『신청년』에 발표한 중편. 기괴하고 환상적인 분위기 속에 씁쓸한 뒷맛을 남기는 작품으로, 에도가와 란포가 보여줄 수 있는 한 정점이라 할 수 있다.

#7 _ 1928년, 『그린 살인사건』, S. S. 밴 다인

미스터리 소설 특유의 구성을 알고 싶다면 밴 다인의 초기 세 작품만한 것이 없다. 작품 속 탐정 파일로 밴스는 사건을 97개 항목으로 정리하고 그 항목들을 시간순으로 재배치해 범인을 지목해낸다. 그만큼 완벽하게 짜인 걸작이다.

#8 _ 1929년, 『독 초콜릿 사건』, 앤서니 버클리

하나의 사건을 두고 여섯 명의 범죄연구회 회원들이 각자 추리를 펼친다. 과연, 모두 그럴듯하다. 앤서니 버클리는 여기에

그 모두를 아우르는 하나의 추리를 더 준비한다. 개인적으로
세계 3대 미스터리에 들어갈 만한 작품이라고 생각한다.

#9 _ 1929년, 「붉은 수확」, 대실 해밋

광산 노동자들의 파업을 저지하기 위해 무리하게 폭력배를
끌어들였다가 위기에 처한 일라이휴 윌슨은 이름 없는 탐정
'나'에게 한 가지 제안을 한다. 아들의 살인범을 찾아내고 퍼
슨빌 전체를 깨끗이 쓸어달라는 것. 하드보일드의 전성기를
예고하는 축포 같은 작품이다.

#10 _ 1930년, 「맹독」, 도로시 L. 세이어즈

1930년대 영국 미스터리를 말할 때 도로시 세이어즈는 절대
빼놓을 수 없는 작가다. 『맹독』은 귀족 탐정 피터 윔지 경이
등장하는 세 번째 작품이다. 애인을 독살한 혐의로 법정에 선
해리엇 베인을 보고 한눈에 반한 윔지 경은 그녀를 구하기 위
해 사건에 뛰어든다.

#11 _ 1931년, 「누런 개」, 조르주 심농

조르주 심농은 미스터리 장르에서 어떤 계보에도 속하지 않
는 섬 같은 작가다. 간결한 문체로 독자적인 스타일을 완성시
켰고, 20여 개 이상의 필명으로 400편에 가까운 작품을 남겼

다. 102편에 달하는 매그레 경감 시리즈는 아예 장르의 한 부분을 차지하고 있다.

#12 _ 1932년, 『Y의 비극』, 엘러리 퀸

엘러리 퀸이 드루리 레인 명의로 발표한 네 권의 비극 시리즈 중 한 권. 세계 3대 미스터리에 포함된 바로 그 작품이다. 기이한 사건, 논리적인 추리, 뜻밖의 반전, 거기에 영화 속에서 걸어 나온 것 같은 멋진 탐정까지. 구조적으로 거의 허점이 없는 걸작이다.

#13 _ 1934년, 『포스트맨은 벨을 두 번 울린다』, 제임스 M. 케인

제임스 M. 케인은 타블로이드판 신문에서 이 작품의 모티브를 얻었다. 치정 살인이라고 간단하게 요약할 수 있을 정도로 폭력적이고 선정적인 소설이지만, 간결한 문체로 파고드는 등장인물의 욕망은 예사롭지 않다. 누아르 소설의 시작이라고 평가받는 작품.

#14 _ 1934년, 『크로이든발 12시 30분』, F. W. 크로포츠

작품의 서두에 범인과 범행을 밝히고, 범인의 입장에서 쓰인 도서 미스터리. 평범한 독신남 찰스는 사업을 유지하고 사랑하는 여인의 마음을 얻기 위해 치밀한 계획을 세워 삼촌을 살해한다. 하지만 곧 프렌치 경감의 끈질긴 조사가 시작된다.

#15 _ 1937년, 『화형법정』, 존 딕슨 카

존 딕슨 카의 장기라고 할 수 있는 불가능 범죄와 신비주의가 절묘하게 어우러진 걸작. 역사 속 사건에 '불사의 인간'이라는 상상력을 가미해 현재와 연결시키고, 작품 전반에 으스스한 분위기를 드리우는 연출이 탁월한 작품이다. 특히 에필로그가 인상적이다.

#16 _ 1938년, 『야수는 죽어야 한다』, 니콜라스 블레이크

영국 황금기 미스터리 후기를 대표하는 작품. 책의 전반은 아들을 죽인 야수를 찾아내 처참한 복수를 다짐하는 한 남자의 1인칭 시점으로 진행되며, 후반은 탐정이 등장해 야수를 죽인 진범을 찾는 내용으로 진행된다.

#17 _ 1938년, 『레베카』, 대프니 듀 모리에

로맨스와 서스펜스를 절묘하게 넘나드는 대프니 듀 모리에의 작품으로, 영화와 뮤지컬 등으로 끊임없이 재생산됐다. 불우했던 '나'는 갑자기 부유한 귀족과 결혼해 대저택의 안주인이 되지만, 그곳에는 여전히 죽은 전 부인의 그림자가 드리워져 있다.

#18 _ 1938년, 『요리사가 너무 많다』, 렉스 스타우트

황금기 미스터리의 미국 계승자는 바로 렉스 스타우트라 할
수 있다. 엄청난 거구의 미식가인 네로 울프와 그의 명민한
조수 아치 굿윈은 전 세계 최고의 요리사들이 모이는 경연 대
회에 심사위원으로 참여했다가 요리사 한 명의 시체를 발견
한다.

#19 _ 1939년, 『그리고 아무도 없었다』, 애거사 크리스티

80여 년이 지난 지금까지도 전 세계에서 가장 인기 있는 미
스터리 작품. 우연히 모인 이들이 폐쇄된 공간에 갇히고, 노
래 가사에 맞춰 한 명씩 죽어나간다. 서서히 고조되는 서스펜
스와 마지막 반전은 '인류가 만든 가장 위대한 살인극'이라는
명성을 실감케 한다.

#20 _ 1939년, 『디미트리오스의 가면』, 에릭 앰블러

에릭 앰블러는 현대 스파이 소설의 계보에서 가장 중요한 작
가다. 유럽 대륙에 대한 지정학적 성찰과 국제 정세에 대한 해
박한 지식이 반영된 그의 작품들은 스파이 소설이 발전할 수
있는 기반이 됐다. 최근 삭제된 부분을 복원한 완전판이 국내
에 소개됐다.

#21 _ 1939년, 『빅 슬립』, 레이먼드 챈들러

이후 탄생한 모든 하드보일드 탐정의 원형이라 할 만한 '필립 말로'가 등장한 첫 번째 작품. 아직까지도 미국 미스터리를 꿰뚫고 있는 '비정한 거리를 걷는 현대의 기사도'는 바로 이 작품에서 비롯됐다.

#22 _ 1942년, 『환상의 여인』, 윌리엄 아이리시

서정적인 문장으로 도시의 밤과 두려움을 묘사하는 코넬 울리치. 윌리엄 아이리시는 그의 또 다른 이름이기도 하다. 모든 요소가 서스펜스를 살리는 방향으로 짜여 있는 『환상의 여인』은 그의 작품 중 가장 널리 알려져 있다.

#23 _ 1942년, 『황제의 코담뱃갑』, 존 딕슨 카

악몽과도 같은 전남편에게서 벗어나 새로운 출발을 앞둔 이브. 하지만 어느 늦은 밤 집요한 전남편과 침실에서 말다툼을 하다 약혼자의 아버지가 살해되는 장면을 목격하는데…….
대담하게 설치한 단순한 트릭이 결과를 뒤집는 인상적인 작품.

#24 _ 1947년, 『옥문도』, 요코미조 세이시

일본의 국민 탐정이라 불리는 '긴다이치 코스케'가 등장하는 두 번째 작품. 근 50년 넘게 일본 미스터리에서 최고의 위치를 차지했던 작품이기도 하다. 요코미조 세이시는 영어권 고전 미스터리를 일본 고유의 스타일로 완벽하게 이식한 작가로 꼽힌다.

#25 _ 1947년, 『내가 심판한다』, 미키 스필레인

누적 판매 부수가 천만 부를 넘긴 '마이크 해머 시리즈'의 첫 작품이다. 45구경 권총을 품고 복수를 위해 거리로 나선 마이크 해머는 미인과 착한 사람들을 사랑하는 전형적인 마초 캐릭터다. 이 시리즈의 성공 이후로 고독한 하드보일드 스타일은 크게 바뀌었다.

#26 _ 1948년, 『열흘간의 불가사의』, 엘러리 퀸

수수께끼와 그 논리적 해결에서 벗어나 범죄를 깊이 있게 파고든 엘러리 퀸 3기(1942~1958) '라이츠빌 시리즈'의 대표작이다. 작품 속 탐정 엘러리 퀸의 좌절은 그동안 미스터리 장르를 지탱해오던 탐정의 몰락을 상징적으로 보여준다.

#27 _ 1950년, 『이누가미 일족』, 요코미조 세이시

1976년 이치가와 곤의 동명 영화가 엄청나게 흥행하면서, 요코미조 세이시 신드롬을 다시 불러일으킨 작품. 유언장 개봉일에 모인 가족, 가문의 상징과 연결된 죽음, 가면으로 얼굴을 숨긴 용의자 등 일본 미스터리의 클리셰들은 여기서부터 시작됐다.

#28 _ 1951년, 『시간의 딸』, 조지핀 테이

다리를 다쳐 병원에서 움직이지 못하는 그랜트 경위는 우연히 400년 전 사람인 리처드 3세의 초상화를 보고 호기심을 갖게 된다. 이 남자는 왜 조카를 죽인 걸까? 안락의자 탐정물이자 우아한 역사 미스터리로 CWA가 선정한 시대를 초월한 미스터리 1위에 오른 작품이다.

#29 _ 1953년, 『죽음의 키스』, 아이라 레빈

아이라 레빈은 불과 23세 때 이 작품을 발표했다. 인생의 목표를 돈으로 설정한 버드는 제철소를 소유한 거부의 딸 도로시를 유혹해 이용하려 한다. 히치콕의 영화를 연상케 하는 서스펜스와 마지막 반전이 인상적이다.

#30 _ 1954년, 『기나긴 이별』, 레이먼드 챈들러

시니컬하지만 고결한 탐정 필립 말로는 우연히 한 남자를 만나 우정을 쌓고, 사건에 얽혀든다. 직유로 직조된 독특한 문체와 냉혹하고 비정한 태도. 『기나긴 이별』은 이러한 레이먼드 챈들러의 스타일이 가장 무르익은 작품으로 평가받고 있다.

#31 _ 1955년, 『재능 있는 리플리』, 퍼트리샤 하이스미스

20세기 최고의 범죄소설 작가로 손꼽히는 퍼트리샤 하이스미스의 대표작이자 '리플리 시리즈' 제1권. 이 시리즈는 총 5권으로 완결됐다. 친구를 죽이고 그의 신분을 비롯한 모든 것을 훔쳐낸 톰 리플리. 작가는 그 이상심리를 밑바닥까지 파헤친다.

#32 _ 1956년, 『특별요리』, 스탠리 엘린

단편 미스터리의 거장으로 잘 알려진 스탠리 엘린의 단편집. 『특별요리』를 포함해 열 편의 단편이 수록되어 있다. 스탠리 엘린은 매 단편마다 암시를 통한 소름끼치는 열린 결말로 끝을 맺는데, 그 솜씨가 매우 절묘하다.

#33 _ 1958년, 『점과 선』, 마쓰모토 세이초

일본 미스터리의 흐름은 마쓰모토 세이초 이전과 이후로 나뉜다고 해도 과장된 말은 아니다. 『점과 선』은 일본 '사회파'의 시작점으로, 범죄의 동기와 그 사회적 배경을 중시하는 사회파 미스터리의 명제를 성립한 작품이다.

#34 _ 1959년, 『살의의 쐐기』, 에드 맥베인

1956년 『경찰 혐오자』에서 시작돼 57편까지 이어진 '87분서 시리즈'는 이후 발표된 거의 모든 경찰소설과 경찰이 등장하는 영상물에 영향을 끼쳤다. 『살의의 쐐기』는 시리즈 초기 걸작 중 하나로, 인질극과 밀실 사건이 교차하면서 쉴 새 없이 서스펜스가 이어진다.

#35 _ 1962년, 『경마장 살인사건』, 딕 프랜시스

뛰어난 경마 기수였던 딕 프랜시스는 자신의 경험을 살려 경마 세계의 범죄를 다룬 40여 편의 작품을 남겼는데, 대부분이 세계적인 베스트셀러가 됐다. 딕 프랜시스의 작품은 독특한 소재뿐 아니라 속도와 긴박감을 갖춘 최고의 범죄소설이다.

#36 _ 1963년, 『추운 나라에서 돌아온 스파이』, 존 르 카레

냉전이 한창이던 1960년대, 영국과 독일 스파이들의 첩보전을 담은 작품. 존 르 카레는 '스파이'라는 단어에 깃든 낡은 낭만을 과감히 걷어 내고, 어느 세력도 도덕적으로 우월하지 않은 회색의 세계를 그린다.

#37 _ 1964년, 『소름』, 로스 맥도널드

'필립 말로'가 어떻게 시대에 적응했는지 알고 싶다면 로스 맥도널드의 '루 아처'를 보면 된다. 결혼한 지 하루만에 신부가 사라졌다며 신부를 찾아달라는 한 청년. 모든 하드보일드가 그렇듯 『소름』에서도 탐정은 누군가를 찾아 나선다. 그리고 결국 찾아내지만, 탐정이 맞닥뜨려야 하는 진실은 참혹하기만 하다.

#38 _ 1966년, 『인 콜드 블러드』, 트루먼 커포티

네오 저널리즘에서 인용되는 '논픽션 소설'이라는 장르를 개척한 작품. 트루먼 커포티는 무려 6년이라는 시간을 들여, 1959년 11월 미국 캔자스시의 홀컴에서 일어난 일가족 네 명의 살인사건을 재구성한다.

#39 _ 1968년, 『웃는 경관』, 마이 셰발·페르 발뢰

부부가 함께 집필한 '마르틴 베크' 시리즈는 '노르딕 누아르'라 불리는 북유럽 미스터리를 가장 먼저 세계에 알린 작품이다. 『웃는 경관』은 시리즈 네 번째 작품으로 1971년 에드거상을 수상했다. 셰발과 발뢰는 충격적인 범죄를 통해 스웨덴의 민낯을 드러낸다.

#40 _ 1971년, 『자칼의 날』, 프레더릭 포사이스

프랑스 극우파 테러 단체의 의뢰를 받아 당시 샤를 드골 대통령을 암살하려는 암살자 '자칼'이 프랑스 경찰과 치열한 첩보전을 펼친다. 저널리스트였던 프레더릭 포사이스는 최근 자신이 실제 스파이였다고 고백했다. 그만큼 사실적인 작품이다.

#41 _ 1972년, 『여자에게 어울리지 않는 직업』, P. D. 제임스

동업자의 갑작스런 사망으로 탐정 사무소를 떠맡게 된 코델리아 그레이. 주변 사람들 모두 사설탐정은 여자에게 어울리지 않는 직업이라며 쓸데없는 충고를 아끼지 않는다. 어려움에 직면한 여성 주인공의 의지가 담담하게, 하지만 섬세하게 그려지는 작품.

#42 _ 1974년, 『팅커, 테일러, 솔저, 스파이』, 존 르 카레

영국 정보부에서 은퇴한 조지 스마일리는 수십 년 전부터 영국 정보부에 잠입해 지금은 고위직에 오른 소련 스파이를 찾으려 한다. '팅커', '테일러', '솔저', '스파이'는 유력한 용의자로 지목된 네 인물에 붙은 암호명이다.

#43 _ 1975년, 『인간의 증명』, 모리무라 세이치

마쓰모토 세이초가 사회파의 시작이라면, 그 상업적 가능성을 증명한 작가는 모리무라 세이치다. 고도성장이 한창이던 일본은 그 풍요로움과 달리 이미 곳곳에 병폐가 드러나고 있었다. 모리무라 세이치는 그 단면의 빛과 어둠을 극적으로 보여준다.

#44 _ 1977년, 『활자 잔혹극』, 루스 렌들

"유니스 파치먼은 읽을 줄도 쓸 줄도 몰랐기 때문에 커버데일 일가를 죽였다."라는 압도적인 첫 문장으로 시작되는 작품. 거장 루스 렌들은 동기인 '왜?'를 집요하게 파고든다. 첫 페이지에서 결말을 알게 된 독자는 조마조마하며 다가올 파국을 기다릴 수밖에 없다.

#45 _ 1977년, 『별의 계승자』, 제임스 P. 호건

가까운 미래. 우주복을 입은 인간의 유해가 달에서 발견된다. 연대를 측정한 결과 놀랍게도 사망 시점은 5만 년 전. '찰리'라는 이름이 붙은 이 유해의 정체를 밝히기 위해 인류의 지식이 총동원된다. 과학적 상상력과 미스터리의 논리가 절묘하게 결합된 작품.

#46 _ 1977년, 『코마』, 로빈 쿡

건강했던 환자가 간단한 수술을 받고 코마 상태에 빠진다. 의대생 수잔은 이를 조사하다가 비슷한 사례가 무려 열네 건이나 있다는 사실을 알게 된다. 『코마』는 세계적인 베스트셀러에 올랐고, 이후 전문 지식이 가미된 스릴러는 미스터리 시장을 완전히 장악한다.

#47 _ 1980년, 『장미의 이름』, 움베르토 에코

때는 14세기, 영국 수도사 윌리엄 바스커빌이 이탈리아의 한 수도원에서 일어난 끔찍한 연쇄살인의 전모를 밝혀낸다. 이야기의 틀 자체는 가볍지만, 당대 최고의 석학 움베르토 에코는 지식을 한데 모아 거듭 읽어도 언제나 새로운 걸작을 탄생시켰다.

#48 _ 1980년, 『본 아이덴티티』, 로버트 러들럼

기억을 상실한 채 총상을 입은 남자가 구조된다. 단서는 엉덩이 피부 밑에서 발견된 마이크로필름뿐. 제이슨 본이라는 이름을 찾은 그는 스스로의 정체를 고민하면서, 동시에 자신을 죽이려는 암살자들로부터 목숨을 지켜야 한다. 영화로도 잘 알려진 걸작 음모 스릴러.

#49 _ 1981년, 『점성술 살인사건』, 시마다 소지

점성술에 사로잡힌 한 화가가 여섯 딸의 신체를 모아 완벽한 여성 '아조트'를 만들려 한다. 선정적이고 화려한 사건, 아름다운 논리, 기상천외한 반전을 지닌, 신본격 미스터리의 서막을 알리는 위대한 걸작.

#50 _ 1981년, 『고리키 파크』, 마틴 크루즈 스미스

이야기는 모스크바의 고리키 공원에서 시작된다. 얼굴과 손가락이 손상돼 신원을 알 수 없는 세 구의 시체가 발견된다. 전쟁 영웅의 아들이지만 평범한 수사관으로 일하는 아르카디 렌코는 끈질기게 사건을 추적해 고리키 공원의 살인이 한 미국인 사업가와 연결돼 있음을 알게 된다.

#51 _ 1982년, 『800만 가지 죽는 방법』, 로렌스 블록

죄책감으로 경찰을 그만두고 현실을 잊기 위해 알코올 중독에 빠진 남자가 있다. 가족과 직장을 잃은 매튜 스커더는 밑바닥 인생을 전전하며 거리의 사건을 맡는다. 흔한 하드보일드 구성이지만, 생동감 있는 캐릭터가 얼마나 중요한지 알 수 있는 작품이다.

#52 _ 1984년, 『붉은 10월호』, 톰 클랜시

대서양 한복판에서 미국으로 망명을 시도한 소련 핵 잠수함 '붉은 10월호'. 냉전 시대의 긴박한 상황을 생생히 그려낸 테크노 스릴러 작품이다. 톰 클랜시의 데뷔작이자 CIA 정보분석가 잭 라이언이 처음으로 등장하는 작품이기도 하다.

#53 _ 1987년, 『십각관의 살인』, 아야쓰지 유키토

'신본격'의 원점이라고 평가받는 작품. 이제는 거장이라 불려도 좋을 아야쓰지 유키토의 데뷔작이다. 대학 미스터리 연구회 회원 일곱 명은 과거 끔찍한 살인이 벌어진 섬으로 여행을 떠난다. 그곳에는 십각형으로 지어진 기묘한 건물 '십각관'이 있다.

#54 _ 1987년, 『무죄추정』, 스콧 터로

문학과 법학을 전공했으며, 연방 검사 출신의 형사 전문 변호사 스콧 터로는 존 그리샴과 더불어 미국 법정 스릴러의 개척자로 잘 알려져 있다. 조직에서 성공 가도를 달리던 수석 부장검사 러스티는 내연 관계였던 여검사의 살인사건에 얽혀 법정에 서게 된다.

#55 _ 1987년, 『몽키스 레인코트』, 로버트 크레이스

로버트 크레이스의 데뷔작. 수다스럽고 유쾌한 엘비스 콜과 무뚝뚝한 조 파이크 탐정 콤비가 활약하는 시리즈 첫 번째 작품이다. 하드보일드 작가들의 전통과 할리우드 스릴러의 속도를 절묘하게 결합한 이 시리즈는 30년 넘게 지속되고 있다.

#56 _ 1988년, 『양들의 침묵』, 토머스 해리스

출간 이후, '사이코 스릴러'를 단번에 스릴러 시장의 주류로 끌어올린 작품. 스릴러의 교과서라고 해도 좋을 정도로 등장인물 조형과 서스펜스가 뛰어나다. 저널리스트였던 토머스 해리스는 엽기적인 사건을 현실에서 접하면서 '한니발 시리즈'를 구상했다.

#57 _ 1989년, 『살아 있는 시체의 죽음』, 야마구치 마사야

미국 뉴잉글랜드 툼스빌. 발리콘가가 운영하는 유서 깊은 장례 회사가 위치한 그곳에서 죽은 이가 되살아나기 시작한다. 그 어떤 세계관이든 내재된 규칙을 지키고 독자에게 공정하다면 미스터리 장르는 성립 가능하다는 사실을 증명하는 작품.

#58 _ 1989년, 『내가 죽인 소녀』, 하라 료

뜻하지 않게 천재 바이올리니스트 소녀의 유괴 사건에 얽혀든 탐정 사와자키의 이야기. 하드보일드의 낭만을 그리워하고 또 간절하게 추구하는 하라 료의 '사와자키 시리즈' 두 번째 작품이다.

#59 _ 1989년, 『타임 투 킬』, 존 그리샴

법정 스릴러의 대명사인 존 그리샴의 데뷔작. 백인 남자들에게 폭행당한 어린 흑인 소녀의 아버지가 법정에서 나오는 피고인을 사살한다. 체포된 아버지는 신참 변호사 제이크에게 도움을 요청하고, 결국 사건을 맡기로 한 제이크는 0퍼센트의 가능성에 도전하는데……

#60 _ 1990년, 『쥐라기 공원』, 마이클 크라이튼

코스타리카의 한 섬에 최첨단 과학을 통해 공룡을 되살린 유전공학 회사 '인젠'. 하지만 통제할 수 없는 사소한 변수들이 거대한 혼돈을 만들어낸다. SF 소설이지만, 첨단 기술을 통해 스릴을 만들어내는 테크노 스릴러로도 분류되는 작품이다.

#61 _ 1990년, 『LA 컨피덴셜』, 제임스 엘로이

화려함 못지않게 그늘진 LA를 배경으로 한 범죄극, 'LA 4부작' 중 세 번째 작품이다. 어둡고 폭력이 난무하던 1950년대를 배경으로, 개성 강한 세 명의 경찰이 범죄 조직과 경찰 내부의 결탁을 파헤친다. 거칠고 또한 사실적이다.

#62 _ 1991년, 『나의 미스터리한 일상』, 와카타케 나나미

새로운 사보의 편집장이 된 나 '와카타케 나나미'는 대학 선배에게 부탁해 매달 단편소설을 연재해줄 작가를 소개받는다. 작가는 자신의 이름과 신상을 일체 비밀에 부치는 것을 조건으로 내건다. 미스터리의 다양한 맛을 즐길 수 있는 인상적인 데뷔작.

#63 _ 1992년, 『당신들의 조국』, 로버트 해리스

'히틀러와 나치가 패망하지 않고 승리했다면 어땠을까?' 나치 독일이 지배하는 1964년 유럽을 배경으로 한 대체역사 소설. 히틀러의 75번째 생일을 앞두고 나치 독일의 수도 베를린에서 일어난 살인사건은 충격적인 진실로 이어진다.

#64 _ 1992년, 『럼 펀치』, 엘모어 레너드

펄프와 하드보일드의 전통을 계승하고, 매력적인 캐릭터와 생생한 대사로 독자를 매혹시킨 엘모어 레너드의 대표작. 무기 밀매업자의 수익금을 몰래 들여오다 경찰에 붙잡힌 승무원 재키 버크는 일생일대의 반전을 노린다.

#65 _ 1992년, 『살육에 이르는 병』, 아비코 다케마루

이야기는 세 인물의 시선이 교차하며 진행된다. 범인, 자신의 아들이 연쇄살인범이 아닐까 의심하는 어머니, 그리고 피해자를 사랑했던 전직 경찰. 잔인하고 선정적인 묘사와 충격적인 반전으로 널리 알려진 걸작.

#66 _ 1992년, 『화차』, 미야베 미유키

휴직 중인 형사 혼마 슌스케는 친척으로부터 사라진 약혼녀를 찾아달라는 부탁을 받는다. 버블이 무너진 직후 일본 사회의 혼란을 경제 범죄로 풀어낸 역작. 2006년이라는 비교적 늦은 시기에 소개된 『화차』는 국내 미스터리 장르의 흐름을 '사회파'로 바꿔놓았다.

#67 _ 1992년, 『블랙 에코』, 마이클 코넬리

30여 년 가까이 이어지고 있는 '해리 보슈 시리즈'의 첫 작품. 베트남 전쟁의 기억에 시달리는 좌천된 형사 해리 보슈가 처음 등장한다. 마이클 코넬리는 자신의 캐릭터들로 하나의 세계관을 만들었으며, 여전히 미국 최정상에 위치한 스릴러 작가다.

#68 _ 1993년, 『마크스의 산』, 다카무라 가오루

1976년 미나미알프스에서 시작된 범죄가 16년이 지난 1992년까지 이어진다. 범죄의 발아부터 종결까지를 촘촘히 그려낸 걸작. 다카무라 가오루는 힘 있는 문장과 치밀한 묘사로 압도적인 분위기를 만들어낸다. '고다 형사 시리즈'의 첫 번째 작품이다.

#69 _ 1993년, 『탄착점』, 스티븐 헌터

베트남전 최고의 저격수였던 밥 리 스웨거. 전역 후 외딴 산골에 살고 있는 그에게 신형 탄환의 성능을 테스트해달라는 의뢰가 도착한다. 하지만 의뢰는 거대한 음모의 시작이었고, 급기야 그는 대통령 암살범으로 오인당해 쫓기게 된다.

#70 _ 1993년, 『심플 플랜』, 스콧 스미스

추락한 경비행기 안에서 조종사의 시체와 440만 달러의 현금이 발견된다. 동생인 행크와 형 제이콥, 그리고 제이콥의 친구 루는 돈을 차지하기 위해 6개월만 기다리자는 간단한 계획을 세운다. 하지만 아주 작은 의심과 불신은 그들을 파멸로 몰고 간다.

#71 _ 1994년, 『우부메의 여름』, 교고쿠 나쓰히코

'우부메'란 아기를 낳다 죽은 여자의 원념을 뜻한다. 유서 깊은 산부인과 가문의 한 남자가 밀실에서 연기처럼 사라진다. 임신 중이던 그의 아내는 20개월째 출산을 하지 못하고 있다. 이성과 논리로 지탱되던 미스터리가 망상과 인식의 차이로 전환된다. 아야쓰지 유키토는 신본격의 몰락 지점은 바로 이 작품이라고 평했다.

#72 _ 1994년, 『원 포 더 머니』, 재닛 에바노비치

지금까지도 족족 베스트셀러에 오르는 '스테파니 플럼 시리즈'의 인상적인 첫 작품. 로맨스 소설 작가였던 재닛 에바노비치는 '거침없다'라는 표현이 잘 어울리는 여성 현상금 사냥꾼 스테파니 플럼이 등장하는 이 시리즈를 통해 최고의 대중소설 작가로 자리 잡았다.

#73 _ 1995년, 『망량의 상자』, 교고쿠 나쓰히코

『우부메의 여름』에 이은 '교고쿠도 시리즈' 두 번째 작품. 여자의 팔다리만 발견되는 엽기적인 사건과 사람을 흘리는 영능력자의 출현. 1950년대를 배경으로 일어나는 기이하고 이상한 사건들 앞에서 탐정 교고쿠도는 말한다. "이 세상에 이상한 일 따위는 없습니다."

#74 _ 1996년, 『불야성』, 하세 세이슈

아시아 범죄 세력 간의 분쟁이 끊이지 않는 환락가 신주쿠 가부키초에서 펼쳐지는 범죄극. 대만인 아버지와 일본인 어머니 사이에서 태어나 어디에도 속하지 못한 류젠이는 가부키초에서 살아남기 위한 폭주를 시작한다. 1990년대 일본 하드보일드의 상징과도 같은 작품.

#75 _ 1998년, 『아웃』, 기리노 나쓰오

일상에 짓눌려 각자의 절망에 빠진 네 여자가 살인사건을 계기로 '아웃'을 선택한다. 인간의 심리를 밑바닥까지 파고드는 기리노 나쓰오의 걸작 하드보일드. 영어로 번역된 『아웃』은 에드거상 장편 부문 최종 후보에까지 올랐다.

#76 _ 1998년, 『코핀 댄서』, 제프리 디버

민간 제트기가 1,600미터 상공에서 폭파되고 재판에서 증언하기로 한 조종사가 죽는다. 이제 남은 증인은 두 명, 재판까지는 45시간 남은 상황. 세 명의 증인을 제거하려는 최고의 암살자 '코핀 댄서'와 이를 막으려는 최고의 범죄학자 '링컨 라임'의 대결을 다룬 작품.

#77 _ 1999년, 『넘버원 여탐정 에이전시』, 알렉산더 매컬 스미스

아버지가 유산으로 남겨준 가축을 팔아 탐정 사무소를 연 음마 라모츠웨. 그녀는 영국에서 독립해 전통과 서구의 사고방식이 공존하는 아프리카 보츠와나 최초의 여성 사설탐정이다. 사람들과 지역에 얽힌 작지만 의미 있는 사건들. 코지 미스터리의 모범과도 같은 작품이다.

#78 _ 1999년, 『이유』, 미야베 미유키

버블 경제를 관통하는 고급 아파트에서 일어난 '4인 가족 살해사건'. 이들은 도대체 왜 모여 있고, 왜 죽었을까? 미야베 미유키는 르포 형식을 통해 독자를 하나의 진실로 이끈다. 출간된 지 20년이 지났지만 현재까지도 여전한 울림을 주는 걸작이다.

#79 _ 2001년, 『모방범』, 미야베 미유키

공원 쓰레기통에 버려진 여자의 오른팔과 핸드백. 하지만 핸드백과 오른팔의 주인은 각각 다르다. 젊은 여성들을 살해하고 피해자의 가족을 농락하며 경찰을 조롱하는 과시형 범죄자. 미야베 미유키는 흉포한 사건이 남긴 상처를 통해 인간의 빛과 어둠을 이야기한다.

#80 _ 2001년, 『악의』, 히가시노 게이고

히가시노 게이고의 시리즈 캐릭터 '가가 교이치로'가 등장하는 네 번째 작품이다. 베스트셀러 작가가 살해된 채 발견되고, 노노구치 오사무라는 인물의 수기와 가가 형사의 기록이 교차되며 이야기가 진행된다. 동기의 참신함과 반전을 만드는 기교가 인상적인 작품이다.

#81 _ 2001년, 『미스틱 리버』, 데니스 루헤인

보스턴 변두리에서 일어난 한 살인사건이 오랫동안 세 남자에게 드리웠던 어두운 그늘을 드러낸다. 보스턴에서 태어나 보스턴을 배경으로 작품을 써온 데니스 루헤인은 생생한 도시 풍경과 다양한 등장인물을 통해 이야기에 깊이를 더한다.

#82 _ 2001년, 『빙과』, 요네자와 호노부

고등학교 동아리 '고전부'를 배경으로 한 '고전부 시리즈'의 첫 작품. 고전부에 소속된 학생들의 일상, 그 밝음과 어두움을 미스터리 장르를 통해 풀어낸다. 청춘 미스터리로 분류되며 애니메이션을 통해 더욱 큰 인기를 얻었다.

#83 _ 2002년, 『목소리』, 아르드날뒤르 인드리다손

레이캬비크의 최고급 호텔에서 살인사건이 발생한다. 호텔에서 20년 이상 도어맨으로 일한 고독한 이 남자는 무슨 이유로 산타 옷을 입은 채 살해당했을까? 형사반장 에를렌두르는 자신의 가족 문제로 힘겨워하면서도 천천히 사건의 진실로 향한다.

#84 _ 2003년, 『다 빈치 코드』, 댄 브라운

루브르 박물관에서 기묘한 죽음을 당한 박물관장 소니에르.

그는 죽기 전 종교기호학 교수 로버트 랭던과 손녀 소피에게 암호화된 메시지를 남겨놓았다. 2천 년을 넘나드는 거대한 음모론. 전 세계 8천만 부 이상 팔리며 수많은 논란을 낳은 작품이다.

#85 _ 2005년, 『여자를 증오한 남자들』, 스티그 라르손

스웨덴 기업 총수 헨리크 방에르는 몰락 직전의 잡지 기자 미카엘 블롬크비스트에게 손녀 실종의 수수께끼를 의뢰한다. 두둑한 보수 때문에 의뢰를 맡은 미카엘은 천재 해커 리스베트 살란데르의 도움을 받게 되고, 둘은 추악한 사건에 휘말리는데……

#86 _ 2006년, 『용의자 X의 헌신』, 히가시노 게이고

물리학자 '유가와 마나부'가 활약하는 세 번째 작품. 히가시노 게이고의 최고작으로 평가받고 있으며 일본뿐 아니라 아시아를 넘어 전 세계적으로 흥행했다. 완전범죄를 꿈꾸는 용의자 X와 천재 물리학자의 치열한 두뇌 싸움이 흥미진진하게, 또 감동적으로 펼쳐진다.

#87 _ 2006년, 『치명적인 은총』, 루이즈 페니

캐나다의 작은 마을 '스리 파인스'를 배경으로 한 '아르망 가

마슈 경감 시리즈' 두 번째 작품. 크리스마스 연휴, 얼어붙은 호수에서 열린 컬링 대회에서 한 여인이 감전사한다. 사건의 수수께끼는 차치하고, 마을 사람 중 그 누구도 이 여인의 죽음을 슬퍼하지 않는다.

#88 _ 2007년, 『스노우맨』, 요 네스뵈

시신의 일부와 변사체가 발견된 곳 근처에는 항상 눈사람이 있었다. 단순한 실종 사건이 연쇄살인으로 번져가고, 오슬로 강력반 반장 해리 홀레는 살인마 스노우맨을 쫓는다. 북유럽 스릴러를 대표하는 '해리 홀레 시리즈' 일곱 번째 작품.

#89 _ 2007년, 『고백』, 미나토 가나에

"내 딸을 죽인 사람은 바로 우리 반에 있습니다." 방학을 앞둔 중학생들 앞에서 충격적인 고백을 하는 선생님. 사건은 등장인물 각자의 시점으로 묘사되며, 서서히 그 진실이 드러난다. 미나토 가나에는 범죄가 변화시킨 각자의 삶을 냉혹하게 응시할 뿐이다.

#90 _ 2007년, 『잘린 머리처럼 불길한 것』, 미쓰다 신조

대대로 맏아들이 가문을 계승해온 히가미가. 아들이 무사히 성장하도록 기원하는 의식에서 알 수 없는 살인이 일어난다.

요코미조 세이시의 전통을 계승한 이 작품은 괴담과 저주, 밀실과 연쇄살인을 결합시킨 최고의 호러 미스터리로 평가받고 있다.

#91 _ 2008년, 『해바라기가 피지 않는 여름』, 미치오 슈스케

학교에 오지 않은 S에게 과제물을 가져다주게 된 나는 목매달아 죽은 S의 시신을 발견한다. 하지만 이후 죽음의 흔적은 온데간데없고, 나는 S의 환생이라는 거미를 만나게 된다. 부조리한 상황을 독자에게 밀어붙여 기어코 설득시키는 미치오 슈스케의 장기가 유감없이 발휘된 작품이다.

#92 _ 2010년, 『미시시피 미시시피』, 톰 프랭클린

미시시피의 작은 마을 샤봇. 마을 토박이 래리는 20여 년 전 어떤 사건에 얽힌 어두운 기억이 있다. 그리고 지금, 래리에게 또다시 마을 사람들의 의심이 드리운다. 작가 톰 프랭클린은 인종 차별과 지역 사회의 편견이 낳은 비극을 담담하게 그려낸다.

#93 _ 2011년, 『알렉스』, 피에르 르메트르

알몸으로 허공 속 새장에 갇힌 여인 알렉스. 145센티미터에 불과한 최단신 형사반장 카미유 베르호벤은 그녀를 구하기 위해 과거를 파헤친다. 피에르 르메트르는 건조하고 치밀한 묘사로 독자의 감정을 이리저리 뒤흔든다.

#94 _ 2011년, 『비블리아 고서당 사건수첩』, 미카미 엔

누구보다도 책을 사랑하는 고서점 '비블리아 고서당'의 점장 시노카와 시오리코. 오래된 책에 얽힌 사람과 사람 사이의 이야기가 하나의 미스터리가 된다. 적당한 긴장감, 선정적이지 않은 사건. 일상계 미스터리를 대표하는 작품이다.

#95 _ 2012년, 『나를 찾아줘』, 길리언 플린

누가 봐도 완벽한 부부였던 에이미와 닉. 하지만 결혼 5주년 아침, 에이미가 흔적도 없이 사라지면서 사건은 시작된다. 이 작품 이후 영어권 스릴러의 판도는 도메스틱 스릴러로 바뀌었다. 시장에 압도적인 영향력을 발휘한 작품이다.

#96 _ 2012년, 『체육관의 살인』, 아오사키 유고

체육관 장막 뒤에서 시체가 발견된다. 밖은 장대비가 내리고 현장은 밀실. 여기 애니메이션과 만화 오타쿠인 고교생 탐정 우라조메 덴마가 등장한다. 엘러리 퀸 특유의 논리 전개와 소거법을 계승한 작품으로, 아오사키 유고는 헤이세이의 엘러리 퀸이라는 찬사를 받았다.

#97 _ 2014년, 『13·67』, 찬호께이

1967년부터 2013년까지 홍콩을 배경으로 벌어진 여섯 건의 사건이 역순으로 펼쳐진다. 홍콩의 정치적·사회적 변화와 밀접하게 얽힌 이 사건들은 당시의 홍콩 사회를 고스란히 드러낸다. 본격과 사회파의 성공적인 조화를 보여준다고 평가받는 걸작이다.

#98 _ 2016년, 『맥파이 살인사건』, 앤서니 호로비츠

1950년대와 현대 영국을 번갈아가며 진행되는 액자 구조의 미스터리. 앤서니 호로비츠는 작품 속 소설 '맥파이 살인사건'과 미완의 원고를 추적하는 편집자의 이야기를 통해 고전 미스터리의 향수를 그리워하는 독자들에게 최고의 선물을 선사한다.

#99 _ 2019년, 『사일런트 페이션트』, 알렉스 마이클리디스

남편의 얼굴에 다섯 발이나 총을 쏴버린 앨리샤는 구속 이후 입을 닫는다. '침묵의 환자'는 감호 병원에 수감되고, 그로부터 6년 후 범죄 심리 상담가 테오는 그녀를 치료하고 싶다는 욕망에 사로잡힌다. 대담한 구성과 놀라운 반전으로 전 세계에 화제가 된 작품.

1952년, 습지에 홀로 남겨진 여자 아이 카야 클라크. 1969년, 마을의 스타 체이스 앤드루스의 살인사건. 두 사건이 서로 엮이며 이야기는 숨 가쁘게 진행된다. 시적인 문체로 빚어낸 남부 노스캐롤라이나주의 해안 습지는 실로 아름답다.

미스터리 가이드북

한 권으로 살펴보는 미스터리 장르의 모든 것

1판 1쇄 발행 ︱ 2021년 9월 13일
1판 3쇄 발행 ︱ 2024년 10월 30일

지은이 윤영천
펴낸이 김기옥

문학팀 김세화, 제갈은영 ︱ **마케팅** 김주현
경영지원 고광현, 김형식, 임민진

표지디자인 공중정원 박진범 ︱ **본문디자인** 고은주
인쇄·제본 (주)민언프린텍

펴낸곳 한스미디어(한즈미디어(주))
주소 (04037) 서울시 마포구 양화로 11길 13(서교동, 강원빌딩 5층)
전화 02-707-0337 ︱ **팩스** 02-707-0198 ︱ **홈페이지** www.hansmedia.com
출판신고번호 제313-2003-227호 ︱ **신고일자** 2003년 6월 25일

ISBN 979-11-6007-728-5 (03800)

한스미디어 소설 카페 http://cafe.naver.com/ragno ︱ 트위터 @hans_media
페이스북 www.facebook.com/hansmediabooks ︱ 인스타그램 @hansmystery